EL DIABLO ACECHA

LAUREN SMITH

TRADUCIDO POR

L. M. GUTEZ

ISBN: 978-1-960374-39-4 (edición libro electrónico)

ISBN: 978-1-960374-40-0 (edición papel)

PRÓLOGO

Dover, Inglaterra – 1793

El Duque de Frostmore se removió inquieto en su cama. Las sábanas que se pegaban a su piel estaban húmedas y frescas por los terribles sueños que lo habían despertado sobresaltado. Nunca había dormido bien cuando llovía, ni siquiera de niño, cuando se le había conocido simplemente como Redmond Barrington. Había algo en el sonido, en la forma en que repiqueteaba contra las ventanas mientras el viento se colaba por las grietas de las piedras de la vieja mansión medieval.

Se frotó los ojos y los entrecerró ante la oscura alcoba. Algo lo había despertado, algo del otro lado de su puerta. Un suave grito resonó en la penumbra. Redmond se dio la vuelta en la cama para ver si su mujer había sido molestada. Pero la cama estaba fría, vacía.

La duquesa se había ido.

Apartó las sábanas y se puso la bata.

—¿Millicent? —se preguntó si tal vez se habría ido a su dormitorio, que estaba al lado. Él había aceptado la tradición de permitir que su esposa tuviera una habitación separada, pero desde el principio le había dicho que deseaba compartir la cama con ella todas las noches. Se había mostrado reticente, como muchas recién casadas, pero él la había engatusado para que finalmente accediera a compartir la intimidad de quedarse en su cama después de hacer el amor. ¿Qué la había sacado de su cama esta noche? ¿Se había caído en algún sitio, se había hecho daño caminando en la oscuridad?

Las piedras bajo sus pies estaban heladas, pero no le importaba. Le gustaba el frío, la forma en que agitaba sus sentidos y lo mantenía alerta. Abrió la puerta de su dormitorio y se asomó al pasillo. El sonido volvió a oírse, pero no vio nada que le indicara su procedencia. Se adentró en el pasillo sin dejar de escuchar. Finalmente, rastreó el sonido hasta la habitación de su hermano menor, Thomas.

—¿Thomas? —Redmond llamó a la puerta y acercó el oído para escuchar. Se oyó un murmullo de voces tranquilas, seguido de silencio. El corazón de Redmond se agitó cuando su mente estableció la terrible conexión entre su esposa desaparecida y las voces procedentes de la habitación de su hermano.

—¿Red? —preguntó por fin Thomas al abrir la puerta

de la habitación. Tenía el pelo revuelto y estaba a medio vestir—. ¿Qué haces levantado? Es tarde...

—¿Estás solo? He oído un llanto. Me preocupa que Millicent esté herida. No estaba en la cama cuando me desperté. ¿Me ayudarás a encontrarla?

Thomas tragó duro y su mirada se desvió hacia la izquierda mientras empezaba a urdir una mentira. Redmond prácticamente había criado a su hermano menor y sabía de inmediato cuando Thomas no estaba siendo sincero. Lo que significaba... que él sabía dónde estaba Millicent.

El corazón de Redmond se endureció al enfrentarse a la traición de su propia sangre.

—Ella está contigo, ¿verdad? —las venas de Redmond se llenaron de hielo al decir lo que no había querido admitir que había sido cierto durante meses.

No había oído un grito de dolor, sino de *pasión*. Un sonido que nunca había podido provocar en su mujer desde su boda hacía seis meses. Ella había permanecido suave y quieta debajo de él en la cama, y cada vez que intentaba excitarla, fracasaba. La mayoría de las veces, se había dado por vencido y se había alejado de ella, con el corazón dolorido por su fracaso.

Los ojos de Thomas se negaron a encontrarse con los suyos.

—Sí.

Redmond contuvo su rabia, pero a duras penas. Amaba

a su hermano, pero Thomas era un tonto que seguiría a su corazón hasta la cama de una mujer casada, incluso la esposa de su propio hermano.

—Redmond, por favor... déjame explicarte —empezó Thomas de nuevo, pero incapaz de encontrar las palabras, suspiró y dio un paso atrás, dejando que Redmond entrara en la habitación.

Millicent se asomó por el borde de un biombo en la esquina de la habitación, con los ojos muy abiertos por el miedo.

—Millicent —Redmond pronunció su nombre en voz baja, e incluso eso le produjo una punzada de dolor en el pecho.

—Lo siento —susurró ella. Él vio la verdad brillar en sus bonitos ojos azules mientras se llenaban de lágrimas—. Lo amo, Red. Creo que siempre lo he amado.

—¿Y aun así aceptaste mi propuesta? —Redmond se frotó las sienes mientras un dolor de cabeza empezaba a golpearle la parte posterior de los párpados. ¿Cómo había podido estar tan malditamente ciego como para dejar que esta jovencita lo engañara haciéndole creer que se preocupaba por él? Porque había querido ser amado, ser apreciado por lo que era y no por su título.

—Mi padre dijo que tenía que aceptarte... para tener una duquesa en la familia. Él... estaba muy orgulloso de mí —las palabras temblaron en sus labios.

Thomas se interpuso entre ellos. Su postura era casual,

pero Redmond sabía que su hermano estaba preparado para proteger a Millicent en caso de que estallara en cólera. Pero la rabia que lo invadía no iba dirigida contra ella. La hermosa joven solo tenía diecinueve años, llevaba casada con él menos de seis meses y era claramente demasiado joven para tomar una decisión que afectaría al resto de su vida. No, Redmond estaba furioso consigo mismo. Tenía veinticinco años, edad suficiente para saber que debería haber sentido la atracción de Millicent por su título y no por él.

Mi maldito orgullo, pensó de forma pesimista.

Redmond se acercó al crepitante fuego de la chimenea y apoyó una mano en la repisa de mármol. Sus pensamientos se agitaron desenfrenadamente hasta que se detuvieron. Se volvió para mirar a la pareja. Thomas tenía el brazo alrededor de los hombros de la chica, y había lágrimas en su rostro.

—¿Quieres a Thomas? —preguntó finalmente. Le costó mucho pronunciar cada palabra. Una pena cansada del mundo empezó a filtrarse en su ira, carcomiéndolo hasta que no sintió nada en absoluto. Estaba tan vacío como los viejos árboles muertos del bosque que había más allá de su finca.

Millicent asintió con la cabeza, y la esperanza infantil de su mirada no hizo más que ahondar el vacío que sentía en su interior. Ella nunca lo había mirado así, con esperanza.

—Entonces te doy mi bendición. Mañana me pondré en contacto con mi abogado. Tendremos que pedir la anulación, lo que no será fácil. Pero sabed esto: una vez que esto se resuelva, ninguno de los dos debe volver aquí nunca más —no podía soportar verlos, ni siquiera a su querido hermano. El dolor sería demasiado grande. Anular un matrimonio significaba que nunca había consumado su amor por su esposa, pero lo había hecho. Ahora todo se basaba en más mentiras.

Los labios de Thomas se entreabrieron como si quisiera hablar, pero luego pareció reconsiderarlo y respondió con un asentimiento.

—Gracias, Redmond... Yo... —empezó Millicent, pero sus palabras se apagaron cuando Redmond la miró fijamente.

—Basta —le advirtió antes de que pudiera decir otra palabra. Redmond salió de la habitación. No podía soportar escucharla darle las gracias por dejar que ella le rompiera el corazón.

No volvió a la cama. Ahora no dormiría. Se dirigió a su estudio y se sentó en la habitación iluminada por la luna mientras cogía una botella de whisky de la bandeja de licores que tenía junto al escritorio. No se molestó en coger los vasos. Se limitó a beber de la botella hasta que el estómago se le revolvió y se atragantó con el líquido. Luego se reclinó en la silla y miró por el alto ventanal que daba al camino que conducía a los acantilados. El mar estaría agitado en esta época del año, con los vientos otoñales dando paso al gélido invierno. Podía simplemente salir, caminar hacia la noche y dirigirse a los acantilados. Nadie lo vería. Nadie lo detendría. A nadie le importaría.

Thomas se convertiría en el Duque de Frostmore, y todo estaría bien. Thomas siempre había sido el favorito, el hermano más apuesto, más encantador, más simpático. Había oído los murmullos toda su vida: *¿Por qué Thomas no pudo haber sido el primogénito?* Incluso sus propios padres habían preferido a Thomas. Redmond era callado, intenso, brusco a veces, y no todo el mundo lo entendía. Ahora, eso le había costado la poca felicidad que había logrado.

¿Por qué había pensado que Millicent lo elegiría a él cuando Thomas estaba a su lado? Desde el momento en que conoció a la chica, sus risas habían sido para Thomas, sus sonrisas, incluso sus gritos de pasión. Redmond nunca había tenido ninguna oportunidad.

Porque quería ser amado, soy un tonto.

Se quedó mirando los acantilados un largo momento antes de tomar una decisión. Un hombre divorciado tendría pocas opciones: ninguna mujer decente se dejaría seducir por su título para convertirse en una segunda duquesa después de que saliera a la luz semejante escándalo. Solo había una manera de acabar con esto. Se levantó de la silla y cogió la botella de whisky, dando otro largo y ardiente trago.

—De todos modos, nunca quise ser un maldito duque —murmuró mientras salía tambaleante por la puerta de Frostmore, su hogar ancestral—. Por fin.

Se tambaleó un poco, pero siguió caminando hacia los

acantilados hasta que pudo oír el sonido de las olas. No había nada más hermoso e inquietante que el mar cuando estaba enfadado. La lluvia golpeó su cara cara y lo cegó a excepción de los relámpagos que surcaban el cielo. Se movió insensiblemente por la fría hierba hasta que sintió la saliente rocosa bajo sus pies, y vaciló en el borde, con la respiración acelerada y la cabeza dándole vueltas por el dolor y el alcohol. Lo único que deseaba en ese momento era que todo terminara, perderse en la oscura violencia del mar. Entonces dio el último paso hacia el escarpado abismo...

UNO

Faversham, Inglaterra - Siete años después

La alcoba de la mansión Thursley estaba a oscuras, salvo por unas cuantas lámparas de aceite encendidas. El viento silbaba claramente a través de las grietas del mortero entre las piedras. Harriet Russell intentó ignorar la tormenta del exterior mientras se aferraba a la mano de su madre. Esta vieja casa, con sus crujidos y gemidos en la noche, nunca había sido un hogar para ninguna de las dos, pero Harriet temía que sería el último lugar de descanso de su madre.

—Harriet —su madre gimió su nombre. Había dolor en cada sílaba mientras su madre tosía. El sonido áspero desgarró el corazón de Harriet.

Harriet pasó la otra mano por la frente de su madre.

—Descansa, mamá —bajo el resplandor de la lámpara

de aceite, el rostro de su madre estaba pálido y el sudor empapaba su piel mientras la fiebre hacía estragos en todo su cuerpo.

—Muy poco tiempo —dijo su madre con un suspiro—. Debo decirte... —Harriet vio cómo su madre luchaba por encontrar las palabras y el aliento para hablar—. Pronto... cumplirás veinte años. Tu padre...

Harriet no la corrigió, pero George Halifax *nunca* había sido su padre. No, el hombre que tenía ese título había muerto cuando ella tenía catorce años. Edward Russell había sido un famoso maestro de esgrima, tanto en Inglaterra como en el continente. También había sido un hombre cariñoso, de ojos risueños y agudeza, a quien ella echaba de menos con todo su corazón.

—¿Sí, mamá? —necesitaba desesperadamente oír lo que su madre tenía que decir.

—George es tu tutor, pero en tu cumpleaños, serás libre de vivir tu vida como elijas.

Libre. Qué idea tan increíble. Anhelaba desesperadamente que llegara ese día. George era un hombre vil que la enfurecía cada vez que estaba en la misma habitación que él, y cada día deseaba que su madre no hubiera estado tan desesperada como para aceptar su oferta de matrimonio. Pero los maestros de esgrima, incluso los más grandes, no se ganaban la vida como para mantener a una viuda y a una hija pequeña.

—Mamá, te pondrás mejor —Harriet mojó un paño en agua limpia y lo colocó sobre la frente de su madre.

—No, hija. No lo haré —la cansada certeza en la voz de su madre le desgarró el corazón. Pero ambas sabían que la tuberculosis dejaba pocos supervivientes. Se había cobrado la risa de su padre seis años atrás, y ahora también se llevaría a su madre.

La puerta de la alcoba se abrió y Harriet se volvió, esperando ver a una de las criadas que las habían estado visitando cada pocas horas para ver si necesitaban algo. Pero allí estaba su padrastro. George Halifax era un hombre alto, corpulento y musculoso a partes iguales. Su sola visión le helaba la sangre. Ella había pasado los últimos seis años intentando evitar sus atenciones, incluso cerrando la puerta todas las noches para asegurarse. Quizá solo tenía diecinueve años, pero había crecido rápidamente bajo el techo de ese hombre y había aprendido a temer lo que los hombres deseaban de ella.

—Ah... mis queridas esposa e hija —el tono de George sonaba aparentemente sincero, pero en el fondo había un leve atisbo de burla. Él entró en la habitación, sus botas golpearon con fuerza la piedra. Era muy diferente a su padre. Edward había sido alto y ágil, moviéndose silenciosamente con la gracia de su profesión en cada paso.

—Madre necesita descansar —Harriet miró a su madre, no a George, mientras hablaba. Cada vez que ella se encontraba su mirada, el pánico se apoderaba de todo su cuerpo y sus instintos la impulsaban a correr.

—Entonces, ¿quizás quieras irte para ella que pueda descansar? —desafió George en voz baja.

Harriet levantó sus ojos llenos de odio hacia los suyos.

—No me iré. Ella necesita que alguien la cuide.

—Sí, te irás, hija —él se adentró más en la habitación con los puños cerrados.

—Yo no soy tu hija —dijo Harriet desafiante. La mirada lasciva de George recorrió todo su cuerpo.

—Tienes razón. Podrías ser... mucho... más —él hizo una pausa entre las tres últimas palabras, enfatizando lo que ella sabía que él había deseado durante años.

—George... —jadeó su madre, Emmeline—. No, por favor...

—Calla, querida. Tú necesitas descansar. Harriet y yo tendremos una pequeña charla afuera. Sobre su futuro —él se acercó a ella, pero Harriet se movió rápido, a pesar de la naturaleza entorpecedora de su sencillo vestido. Había sido entrenada por los mejores para que nunca la pillaran desprevenida.

—¡Alto! —gruñó George y la cogió por las faldas cuando ella se agachó bajo su brazo. De un brusco tirón, ella cayó al suelo y su hombro y cadera izquierdos golpearon con fuerza las tablas de pino del suelo. Se le escapó un quejido cuando él la puso en pie y la abofeteó.

Su madre emitió un suave sonido de angustia desde la

cama, y ella escuchó el susurro como si este hubiera salido desde una enorme distancia.

—¡Harriet... vete... *corre*!

Harriet pateó a George en la ingle tan fuerte como pudo. La soltó para cogerse a sí mismo.

—¡Cogedla! —gritó furioso.

Dos hombres corpulentos que ella no reconoció entre el personal doméstico de la mansión Thursley entraron corriendo en la habitación. Intentó esquivarlos, pero la atraparon en un rincón y la arrastraron fuera de la habitación por los brazos.

—¡Encerradla! —el grito de George los siguió por el pasillo.

Su madre la llamaba débilmente, pero por más que Harriet chillara y luchara, ellos no la soltarían. La llevaron a un dormitorio vacío y la empujaron dentro. La puerta se cerró con un golpe seco de hierro frío. Temblando con fuerza, con el hombro y la cadera todavía doloridos por la caída, Harriet se lanzó contra la puerta, pero era demasiado pequeña para romper el robusto roble.

La advertencia de su madre había llegado demasiado tarde. Ella no cumpliría los veinte hasta dentro de un mes, y George ya la estaba dominando, tal como ella temía que lo hiciera. No había nada que él no pudiera hacerle, varada como estaba en Thursley. Ellos estaban demasiado lejos de la ciudad de Faversham como para que alguien viniera por aquí si no era a propósito. No tenía amigos, nadie que fuera a preocuparse por ella, lo que ahora sospechaba con temor que era lo que George había querido desde el principio.

En la oscura alcoba hacía un frío vigorizante. No había fuego en la pequeña chimenea, y ella sabía que nadie vendría a encenderlo. Solo había una pequeña lámpara de aceite en la mesilla junto a la cama. Rebuscó en los cajones de la mesilla hasta que encontró un par de piezas de acero. Con ellas encendió la lámpara. La luz se convirtió en un abundante resplandor, pero no daba calor. En el exterior, la tormenta parecía intensificarse y la lluvia se unía a los aullidos del viento.

Harriet tenía que escapar. Intentó apalancar las ventanas, pero los clavos estaban incrustados profundamente en los marcos de madera. Incluso estudió la cerradura de la puerta, intentando utilizar una horquilla para ver si podía girar los seguros de tal forma que la dejaran libre, pero nada funcionó.

Unas horas más tarde, unas pisadas resonaron en el pasillo. Una llave se oyó en la cerradura y el pestillo se levantó. Ella se tensó y sus músculos se contrajeron, pues esperaba ver a su padrastro o a uno de sus hombres. Pero solo vio a la cocinera, la señora Reed.

—Gracias a Dios que estás bien, muchacha —la alta mujer escocesa apoyó una mano en su pecho—. Me preocupé mucho cuando supe que él te había encerrado —la señora Reed habló en un susurro y miró hacia el oscuro pasillo que había tras ella, como si temiera ser escuchada.

—Señora Reed... Mi madre... ¿Ella está...? —Harriet se ahogó con las palabras.

—No, todavía no, muchacha, pero no hay tiempo. Debes irte. *Ahora* —la cocinera entró en la habitación y le cogió la cara como solía hacerlo la madre de Harriet—. Sé que no te quieres ir, pero debes hacerlo.

—No puedo dejar a mamá aquí, no con él.

—Puedes y lo harás. Tu madre me dijo cuando cayó enferma que temía no estar cerca para protegerte. Me hizo prometer que yo te ayudaría a escapar —insistió la señora Reed—. El amo tiene planes para ti. Planes que no puedo soportar, ¿sabes? Él quiere hacerte daño, utilizarte como una... —ella sacudió la cabeza como si el resto de lo que pudiera haber dicho fuera demasiado horrible—. Él quería que te drogara. Pero en su lugar, lo drogué a él y a sus hombres. No tenemos mucho tiempo —la cocinera le pasó un brazo por los hombros y la arrastró escaleras abajo hasta las cocinas. Una criada de trascocina llamada Bess estaba limpiando una olla y las miró mientras entraban.

—¿Cómo están ellos, muchacha? —le preguntó la señora Reed.

—Aún duermen —susurró Bess, con los ojos muy abiertos por el miedo—. El señor Johnson tiene el carruaje preparado. Él cree que puede llevar a la señorita Russell hasta Dover, a pesar de la tormenta.

—¿Dover? —repitió Harriet asombrada. Eso estaba muy lejos.

—Sí, muchacha. Te llevarás esto —la señora Reed sacó una bolsa de cuero con monedas de un bolsillo de su vestido —. Compra un pasaje a Calais.

—¿Francia? —Harriet tembló. Viajar sola como una mujer soltera era invitar a los problemas, posiblemente incluso al peligro.

—Francia será segura. El amo podría seguirte desde aquí hasta la maldita isla de Skye, en el norte. Es mejor que abandones Inglaterra.

Harriet tragó duro y asintió. Sabía algo de francés y podría aprender más al llegar. Su padre tenía parientes en Normandía, primos segundos. Tal vez podría contactarlos y encontrar trabajo. Ella intentó hacer lo que su madre le había enseñado: concentrarse en un plan de acción en lugar de dejar que el miedo la paralizara.

La señora Reed cogió una pesada capa de lana de un perchero cercano y la puso sobre sus hombros.

—No tenemos tiempo que perder —condujo a Harriet a la entrada de servicio, la cual las llevó a la parte trasera de la casa, donde estaban los establos. El carruaje de George esperaba, y el cochero se escondía cerca a los caballos, quienes pisaban el suelo con inseguridad.

La lluvia caía a cántaros y Harriet fue chapoteando en el barro hasta llegar el carruaje.

—Ten esto —la señora Reed la siguió y le entregó una cesta con comida antes de que ella subiera al vehículo.

—Señora Reed... —había mil cosas que ella quería decir,

y una docena de nuevos temores la asaltaban ante lo que sería de su vida ahora que estaba huyendo. Pero solo una cosa realmente importaba por encima de todo el resto. Su madre seguía muriendo y Harriet la estaba abandonando.

—Lo sé, muchacha —la cocinera entrecerró los ojos bajo la lluvia y le estrujó la mano—. Lo sé, pero no puedes quedarte aquí —se volvió para dirigirse de nuevo hacia la entrada de servicio.

—Cuida de mi madre. Dile que he conseguido llegar a un barco y que he zarpado hacia Calais —llamó Harriet desde el carruaje mientras el señor Johnson, el cochero, cerraba la puerta, encerrándola dentro. Ella quería que su madre creyera que había escapado, aunque no lo consiguiera. Podría ser el último consuelo que alguien pudiera darle. El labio inferior de Harriet tembló mientras reprimía un sollozo.

La señora Reed se despidió de ella con la mano y volvió a entrar en la casa. Harriet comenzó a temblar mientras la capa de lana húmeda le pesaba. Su ropa empapada le produjo un escalofrío adicional.

El carruaje dio una sacudida hacia adelante y la cesta de comida que Harriet llevaba en el regazo estuvo a punto de caerse. La dejó en el suelo y cerró los ojos, intentando calmarse.

—Oh, mamá... Desearía no tener que dejarte.

Pero si se hubiera quedado, los horrores que habría soportado eran impensables. Y sufrir una vida atrapada bajo el control de George... Ella sabía que él no honraría su vigésimo cumpleaños; eso debió haber sido lo que su madre deseaba decirle. Que ella se libraría de él como tutor, pero que tendría que escapar antes de que él pudiera detenerla. Harriet se desplomó sobre el asiento y sollozó en silencio por su madre, por la vida de la última persona que había amado en el mundo.

—*Sécate los ojos, gatita* —la voz de su padre parecía venir del pasado mientras viejos recuerdos de su infancia acudían a ella. Cerró los ojos e imaginó cómo él solía encontrarla cuando se caía y se raspaba una rodilla. Él ponía los dedos bajo su barbilla y la hacía mirar suavemente hacia su sonriente y tierno rostro.

—Papá —suspiró, sintiéndose más niña ahora de lo que se había sentido que en años. Se aferró a la visión que tenía de él en su cabeza.

—*Tú eres mi hija. Tú no te acobardas cuando la vida se pone difícil. Afronta cada reto con valentía y niégate a aceptar la derrota.*

Los ojos de Harriet se abrieron de golpe cuando creyó, por un momento, sentir una caricia en su mejilla. Pero el fantasma de su padre se desvaneció tan rápido como había llegado. Se secó los ojos e intentó serenarse para no romper en llanto de nuevo.

Recordó cómo su padre solía aconsejar a los jóvenes lores a quienes enseñaba esgrima. Harriet solía esconderse detrás de una maceta alta, alzándose la falda por arriba de las rodillas mientras veía a su padre moverse por la gran habitación con una docena de jóvenes blandiendo su florete de esgrima. Él solía nombrar las posiciones y los hombres se ponían en fila, levantaban las espadas y luchaban. Cuando ellos empezaban a cansarse, solía decirles.

—*Mirada serena, manos firmes, vosotros no fallaréis.*

Ella necesitaría ese consejo y más para encontrar una nueva vida en Calais.

Se apoyó en la pared del carruaje, escuchando la lluvia y preguntándose qué le depararía el amanecer.

Capítulo Dos

La lluvia azotaba las ventanillas del carruaje mientras Harriet intentaba conciliar el sueño. Los truenos sacudían el camino con tanta fuerza que en más de una ocasión se despertó sobresaltada. Se frotó los ojos, con el cansancio pesando en sus extremidades. Era casi medianoche y aún tenían un buen tramo por recorrer hasta llegar a Dover. Con un buen clima tardarían al menos dos horas, pero con los caminos embarrados y la visibilidad entorpecida, ese tiempo podría duplicarse.

Con un silencioso suspiro, ella ciñó la capa de lana negra sobre sus hombros; hacía mucho frío en el carruaje. Ya tenía los dedos de los pies entumecidos y los de las manos helados cuando los metió bajo sus faldas para intentar mantenerlos calientes. Sus pensamientos se centraron en lo que ocurriría cuando llegara a Calais. Harriet estaba completamente sola y no tenía a nadie que la ayudara a encontrar el camino, pero, seguramente, con su dominio aceptable del francés, podría encontrar un carruaje a Normandía. Con las monedas que le había dado la señora Reed, debería poder permitirse una habitación en una posada antes de seguir con su viaje.

Sin embargo, la precaución sería crucial porque ella sabía que sería un objetivo para los hombres. Sola y al borde de la indigencia, sería presa fácil si no tenía cuidado. La única esperanza de Harriet en este momento era abusar de la amabilidad de los primos lejanos de su padre hasta que encontrara un trabajo adecuado. Había asistido a una escuela de señoritas antes de la muerte de su padre, y había sido una alumna muy apreciada por los instructores de allí. ¿Quizás podría encontrar trabajo como institutriz? Si eso no funcionaba, podría tener la oportunidad de ser costurera. No era una completa inútil con una aguja e hilo.

La tormenta no hizo más que empeorar a medida que pasaba la medianoche, y las lluvias inundaron el camino. Más de una vez, el señor Johnson redujo la velocidad del carruaje para permitir que los caballos atravesaran los charcos de agua más profundos que se habían acumulado. Harriet apoyó la frente en la ventanilla del carruaje y miró hacia la oscuridad. No vislumbró nada hasta que un relámpago iluminó el camino y por fin pudo ver a qué obstáculos se enfrentaban los caballos.

Pobres bestias, estaban arriesgando sus vidas para salvar

la de ella. Ellos ni siquiera tenían la posibilidad de detenerse aquí, porque el campo alrededor de Dover no era un lugar seguro, al menos según los rumores que ella había escuchado en la mansión Thursley.

Harriet rezó para que llegaran al puerto de Dover sin tener motivos para detenerse. Estaban atravesando las tierras del Duque de Frostmore y Harriet temía encontrarse con él. Redmond Barrington era conocido como el Duque Oscuro o el Diablo de Dover por los criados de Thursley, y los rumores seguían su nombre como las sombras que proyectan las lápidas.

Harriet conocía todas las historias, por supuesto. El duque se daba un festín con los niños traviesos que no acataban los deseos de sus padres; él robaba la virtud de las doncellas desprevenidas lo bastante insensatas como para viajar solas por sus tierras. Quizá la historia más espantosa era que él había matado a su hermano menor, Thomas Barrington, en un duelo después de que Lord Frostmore descubriera a su hermano acostándose con su nueva novia. Se decía que él arrojó a su esposa por los acantilados antes de disparar a Thomas en el estómago y ver cómo se desangraba lentamente hasta morir. Harriet sabía que el hermano menor, efectivamente, había muerto, según los registros parroquiales, pero nadie conocía la verdad de su fallecimiento, aparte de que le habían disparado.

George había alardeado a menudo durante la cena de que él era un buen conocido de Lord Frostmore, y eso solo hizo que los temores de Harriet de ser atrapada en Dover fueran mucho más fuertes. ¿Y si el duque descubría que ella estaba aquí y la devolvía a George?

Independientemente de la veracidad de las sombrías historias, Harriet sabía que no era prudente que la sorprendieran sola en las tierras del duque, sobre todo cuando los acantilados de Dover estaban tan cerca. La imaginación desbordante de Harriet la llevaron hasta visiones de carruajes desplomándose por los acantilados y estrellándose en el mar.

Se estremeció ante la idea de luchar por respirar en agua de mar helada. Intentó disipar sus temores tanto como pudo y, en cambio, se concentró en pensar en su padre. Ya estaba casi dormida de nuevo cuando el carruaje dio un brusco bandazo y cayó de costado.

La cabeza de Harriet golpeó la pared del carruaje cuando este se volcó, y algo caliente empezó a gotear en sus ojos. Durante un largo momento, se quedó paralizada por el dolor y la confusión mientras su visión se nublaba. Finalmente, su vista se aclaró lo suficiente para poder levantarse. Sentía su brazo derecho extrañamente entumecido tras un violento dolor. Se recostó contra la ventanilla del carruaje, el cual ahora estaba prensado contra el suelo enlodado. Los cristales rotos le cortaron las palmas de las manos al intentar levantarse, y se estremeció al sentir un nuevo dolor en el hombro.

—¿Señor Johnson? —gritó ella.

Se escuchó un grito, amortiguado por el estruendo del trueno. Harriet empujó la puerta que había por encima ella para poder salir por el lateral del carruaje, el cual ahora era el techo. Su dobladillo se rasgó al saltar del carruaje y sintió una punzada de dolor en el brazo mientras se preparaba para aterrizar. Se hundió casi al instante en varios centímetros de barro rezumante. El camino estaba oscuro; la luz de la luna era incapaz de atravesar las nubes de tormenta. En un breve resplandor de un relámpago, ella vio al señor Johnson cogiéndose la pierna, con la cara torcida por el dolor. Corrió hacia él, encorvándose para verlo mejor.

—¿Puede montar, señor Johnson?

—Me temo que no, señorita Russell —el señor Johnson hizo una mueca de dolor al intentar levantarse, pero volvió a caer al suelo—. Usted debería coger un caballo y cabalgar en busca de ayuda. Yo me quedaré con el carruaje.

—Tenemos que llevarlo a un médico —insistió Harriet. Un relámpago recorrió el cielo y, a lo lejos, un edificio monumental se reveló momentáneamente—. ¿Qué lugar es ése, señor Johnson? —señaló en dirección al edificio lejano.

El rostro del conductor se ensombreció.

—Es la finca de Lord Frostmore.

—¿El Duque Oscuro? —el corazón de Harriet dio un brinco en su pecho.

—Sí, señorita. Sé que es usted una dama valiente, pero no debe ir allí —el señor Johnson la cogió del brazo como si quisiera impedir que fuera a pedir ayuda allí.

Harriet le apartó suavemente los dedos de su brazo.

—¿No hay ningún otro lugar lo suficientemente cerca como para llegar?

—No con este clima —admitió el conductor.

—Entonces debo ir a ver al duque.

—Señorita, por favor... —protestó el conductor, pero ella negó con la cabeza.

—No se preocupe por mí, señor Johnson. Ahora venga, déjeme ayudarlo a levantarse. Puede descansar dentro del carruaje hasta que llegue la ayuda. No debe coger un resfriado con esta tormenta.

Harriet lo obligó a levantarse y lo metió en el carruaje con cierta dificultad. Después de dejar al señor Johnson en un lugar seguro, ella soltó a uno de los caballos y se subió al lomo de la bestia, cogiendo las largas riendas. No había montado a caballo desde que era niña y, aunque ahora no estaba segura de su habilidad, sabía que el señor Johnson dependía de ella.

Sus faldas rotas y embarradas se abrieron con facilidad mientras montaba a horcajadas sobre el caballo. Envolviendo las riendas con fuerza alrededor de sus dedos, pateó los costados del caballo. El caballo no necesitó más impulso para volar por el empapado camino hacia la lejana finca. Su capa salió volando detrás de ella cuando volvió a clavar sus botas llenas de barro en los flancos del caballo, impulsándolo hacia el oscuro y sombrío edificio que ella había vislumbrado momentos antes.

Harriet cabalgó con fuerza hasta las puertas. La pesada estructura de hierro forjado estaba abierta lo suficiente para que su caballo pasara, pero Harriet se detuvo en la entrada, observando los afilados techos en forma de picos de las puertas y la piedra tallada con el nombre de "FROSTMORE" cerca de las puertas.

Un par de diabólicas gárgolas se agazapaban de manera amenazante en ambos lados de los pilares de la entrada. Y cuando los relámpagos brillaron sobre ellas, Harriet casi gritó al jurar que se movieron. Sintió más dolor sobre su hombro y gritó, estrujando su hombro herido.

La gran mansión yacía en la penumbra. Ahí, entre sus muros estaba el Duque Oscuro. ¿Podría ella cruzar esas puertas y afrontar los riesgos? Harriet pensó en el señor Johnson y en sus heridas, y recordó las lecciones de esgrima de su padre. Ella era capaz de defenderse si llegaba el caso, suponiendo que él no fuera como su padrastro y que tuviera hombres contratados para atraparla, así que espoleó de nuevo a su caballo y atravesó las puertas, dispuesta a arriesgar su vida para ayudar a su cochero. Pero haría todo lo posible por suplicar ayuda a los criados que abrieran la puerta y, con suerte, no comunicarían a su amo que ella estaba aquí. Era una pequeña esperanza, pero aun así se aferró a ella.

La mansión estaba a oscuras; solo había algunas luces encendidas cerca de la entrada principal. Harriet abandonó a su caballo y subió corriendo los escalones de piedra, golpeando la pesada puerta de roble con la aldaba. Al cabo de unos minutos, un hombre de mediana edad y rostro serio abrió la puerta. Él llevaba puesta su ropa de dormir y cogía una vela cerca de su cabeza. Sus ojos empañados la miraron con sorpresa y confusión.

—Por favor, señor. Mi cochero está herido. Nuestro carruaje se ha volcado en el camino a Dover. ¡Él no puede caminar ni montar sin ayuda! —se apresuró a decir Harriet.

El hombre vio su aspecto sucio y empapado y abrió más la puerta.

—Entra, hija mía. Rápido —susurró el hombre en un tono suave. Harriet lo siguió, y él la condujo a través de oscuros pasillos hasta que llegaron a una pequeña sala de estar. El hombre encendió fajina fresca bajo los troncos de la chimenea con su vela y se volvió hacia ella—. Ahora, más despacio, cuéntame exactamente qué ha pasado —le hizo un gesto indicándole que se sentara en el sofá. Harriet hizo todo lo posible por relatar el accidente en el camino—. Me ocuparé de ir a por él y cuidarlo de inmediato. Por favor, quédate aquí. No salgas de esta habitación, es mejor que solo yo y unos pocos más sepamos que tú estás aquí —advirtió el hombre mayor. Había una sombra de preocupación en sus ojos que la instó a obedecer. Él debía desear ocultar su llegada al duque, y eso le parecía bien. Pero si el carruaje estaba estropeado, ella no tendría forma de llegar al puerto de Dover... y era posible que George la estuviera buscando en este momento.

Después de que el mayordomo la dejó sola, Harriet se levantó y se acercó al fuego, extendiendo las manos para calentarlas sobre las escasas llamas. Aún sentía un dolor leve y atroz en el hombro, pero no quería que nadie supiera que se había hecho daño. La debilidad de una mujer que viajaba sola era aún más peligrosa.

Pasaron unos minutos de silencio sepulcral en los que solo se oía el tic-tac de un reloj de pie antes de que ella escuchara un movimiento en el pasillo. Levantó la mirada y vio un gran perro negro en el umbral de la puerta. La silueta de la criatura era alarmante, como la interrupción de un sueño por un cerbero. El perro lanzó un gruñido grave y enseñó sus blancos dientes. Probablemente le llegaba al pecho. El perro dio un paso hacia ella y su gruñido se hizo más grave y mortífero.

Harriet se echó la capucha hacia atrás y apartó los mechones húmedos de cabello rubio de su cara para poder hacer mejor contacto visual. Su padrastro tenía varios sabuesos malvados en Thursley, de los que ella había tenido que defenderse más de una vez. Ella no retrocedió ni mostró miedo. Apoyó las manos en sus caderas y se inclinó amenazadoramente hacia el perro. El perro dio otro paso adelante y sus ojos marrones se clavaron en los azules de Harriet. Soltó un gruñido y trotó hacia ella.

—¡Siéntate! —gritó Harriet en tono autoritario.

El enorme perro se quedó inmóvil y el gruñido murió en su garganta. Ligeramente confundido, bajó sus patas traseras para sentarse a medio metro de ella. Durante un largo rato, siguió mirando a la bestia, que, al verla mejor, parecía ser una especie de sabueso... ¿un schnauzer? Pero nunca había visto uno tan grande. El perro tenía una noble barba negra, un cuerpo fuerte y bien formado y un pelaje brillante.

Harriet extendió la mano con cuidado hacia la criatura, quien inclinó el cuello hacia adelante y le rozó la punta de los dedos con su húmedo hocico negro, de forma cautelosa pero amistosa. El animal bufó ruidosamente, pero no hizo ademán de morderla mientras ella acariciaba su gran cabeza. Se le erizó el vello de la nuca y la sensación de sentirse observada le recorrió la piel, provocándole pequeños temblores a lo largo de su espina dorsal.

—Eres la primera persona a la que Diablo no ha mordido al conocerla —dijo una voz fría desde la puerta.

Harriet levantó la cabeza y vio a un hombre alto apoyado en la puerta. Su cabeza estaba encendida en llamas con un cabello rojo intenso demasiado largo, y sus ojos color avellana brillaban como topacios con el resplandor lejano del fuego. Su rostro estaba esculpido con perfecta masculinidad, pero había un atisbo de crueldad que colgaba en sus sensuales labios, e ira irradiaba de sus ojos. Ella se mordió el labio e intentó contener el temblor de su cuerpo mientras lo *contemplaba*. No había ninguna duda: él era el Duque de Frostmore.

No era apuesto como solían serlo algunos hombres. Desde luego, no había nada angelical en su rostro ni en su cuerpo que le diera una sensación de encanto natural. En cambio, él parecía existir de una manera singularmente masculina que la hizo incorporarse y fijarse en él. El miedo y la curiosidad se enfrentaron entre sí mientras ella seguía mirándolo.

—¿Diablo? —era una tontería decirlo, pero ningún otro pensamiento en su mente era lo suficientemente coherente como para decirlo. El efecto que George tenía sobre de ella no era nada en comparación con este hombre. Luchar contra George, de haber llegado a eso, habría sido difícil, pero ella pudo saber con una mirada que intentar resistirse a este hombre sería imposible. Harriet tragó duro y decidió ser agradable, pero no demasiado, no fuera a ser que él pensara que era una mujer que podía llevarse a la cama.

—Sí, mi compañero de pelaje negro. Pasé un verano en los Alpes Bávaros hace dos años y lo traje conmigo. Es una raza de perro bastante nueva, un schnauzer gigante. Diablo parecía un nombre apropiado para la bestia. Él le ha arrancado la garganta a muchos hombres descuidados e incluso a algunas damas descuidadas —su tono era serio, pero ella creyó; o más bien, esperó, ver un destello de burla en sus ojos, una burla oscura y cruel.

—Si es así, tal vez la culpa no sea de la bestia, sino de su amo —replicó Harriet, enfrentándose a su mirada con valentía, a pesar de que en el fondo estaba temblando.

Él no es diferente de George. Puedes manejarlo.

Intentó infundirse confianza en sí misma, pero el brazo

derecho le dolía ferozmente y la cabeza le latía con un dolor que hacía que incluso la luz del fuego le abrasara los ojos. Ella había tratado con hombres así, de los que se complacían en infundir miedo en el corazón de una mujer. Pero Harriet no se dejaba intimidar tan fácilmente.

Lord Frostmore se cruzó de brazos y se apoyó perezosamente en el marco de la puerta, impidiéndole escapar. Harriet sintió sus ojos clavados en ella, como si él quisiera arrancarle la ropa del cuerpo y devorarla.

Pero, para su sorpresa, la fuerza de esos ojos bastó para que ella también sintiera un susurro de emoción oscura y prohibida, algo que nunca antes había sentido. George solo le había dado asco cuando la miraba así, pero con este hombre... algo era diferente. La ira y el desdén mezclados con lujuria en los ojos del duque parecían diferentes. Y había algo más en su mirada... ensombrecida no por la maldad, sino más bien por el dolor. El dolor era algo que ella reconocía demasiado bien.

El hombre chasqueó los dedos y Diablo salió trotando de la habitación, dejando solos a su amo y a Harriet.

—¿Puedo preguntarle, señorita...?

—Russell, Harriet Russell —ella soltóde golpe su verdadero nombre sin pensar, pero ya era demasiado tarde. No podía retractarse. Solo podía rezar para que, si este hombre conocía en verdad a George, nunca tuviera motivos para hablar de ella y mucho menos para llamarla por su nombre.

—Señorita Russell, ¿qué hace en mi casa a estas horas

escandalosas? —sus labios se curvaron hacia arriba al decir "escandalosas", como si él compartiera alguna broma privada. Entonces, ella había acertado en su suposición. Él era el Duque Oscuro, el infame Diablo de Dover.

—Mi carruaje ha volcado y mi conductor ha resultado herido. Pedí ayuda al hombre que abrió la puerta —ella dio un pequeño paso hacia atrás cuando el duque entró en la habitación y cerró la puerta tras de sí. Escuchó el sonido de una llave girando en la puerta antes de que él volviera a mirarla de frente. Harriet cogió su brazo herido para sostenerlo mientras intentaba parecer relajada, por temor a delatar su condición de herida.

—Así que mi hombre Grindle te ha dejado entrar, ¿verdad? —el duque se recostó contra la puerta cerrada, mirándola con creciente interés.

—Su Alteza, no pretendía importunar, pero mi conductor está terriblemente herido y la tormenta está empeorando.

Un trueno retumbó como si fuera una señal cósmica, sacudiendo la casa a su alrededor. Harriet intentó mantener la calma mientras el duque se acercaba. Él llevaba bombachos color beis y una camisa blanca suelta que se abría en su pecho, revelando unos hombros anchos y un pecho esculpido de manera tan impresionante que los ángeles habrían llorado. Su estado de relativa desnudez había escapado de su atención mientras había estado muy concentrada en su cara y en su perro.

Involuntariamente, Harriet dio otro paso hacia atrás, su cuerpo le advertía del peligro que emanaba de él. No debía quedarse a solas con él. Atreviéndose a mirar a su alrededor, intentó encontrar un cordón del cual tirar para llamar a un sirviente que la protegiera si le fallaban sus fuerzas.

—¿Usted está *sola* esta noche, señorita Russell? —el duque estaba a tan solo un palmo de distancia, mirándola a los ojos.

Él le cogió la barbilla y le levantó la cara mientras la estudiaba. Intentó retroceder, pero el sofá estaba justo detrás de ella, sus pantorrillas chocaban contra la base de los cojines. Lord Frostmore levantó la otra mano para desabrocharle el cierre de la capa a la altura del cuello. La gruesa tela se desplomó a sus pies en ondas de lana gruesa color ébano. Harriet se sintió repentinamente desnuda ante su mirada, a pesar del vestido de muselina rosa pálido que llevaba.

—Estoy sola, salvo por mi chófer —respondió. Él reconocería la verdad en sus ojos si intentaba mentir, y se negaba a dejarse acobardar por él. La mano del duque en su cuello bajó lentamente hasta su pecho y luego hasta la carne prominente de sus pechos. Las puntas de sus dedos trazaron una línea ardiente sobre su piel antes de retirar la mano.

—*Nunca* deberías viajar sola por mis caminos —Lord Frostmore le soltó la barbilla y volvió su mirada hacia el fuego, dejando de verla a ella.

—No tengo miedo —declaró Harriet con valentía.

Él se rio suavemente.

—Lo tendrás antes de que acabe la noche —se dijo esto a sí mismo, como si sus palabras no fueran una advertencia sino una oscura promesa.

—Tú no te atreverías a tocarme —el tono de Harriet se mantuvo firme, a pesar de su creciente preocupación. Quería convencerse de que él no le haría ningún daño, no con el señor Grindle y los demás criados como testigos. El duque se volvió hacia ella, con un cruel deleite brillando en sus ojos.

—Haría más que *atreverme*, querida. ¿No sabes en casa de quién estás parada? —él volvió a concentrarse en el fuego, pero Harriet sabía que su atención seguía puesta en ella, como si esperara que gritara o se desmayara como una niña tonta.

—Tú eres Redmond Barrington, el Duque de Frost-more —a ella no le pareció prudente mencionar sus otros nombres. El duque esbozó una amplia sonrisa mientras la luz del fuego jugaba con las sombras de su rostro. ¿Había cometido un error al venir aquí? Pero, ¿qué otra opción tenía? No podía dejar al señor Johnson herido en medio de una tormenta peligrosa. Ella se enfrentaría a este demonio y haría lo que fuera para sobrevivir a la noche.

Dos

La lluvia azotaba las ventanillas del carruaje mientras Harriet intentaba conciliar el sueño. Los truenos sacudían el camino con tanta fuerza que en más de una ocasión se despertó sobresaltada. Se frotó los ojos, con el cansancio pesando en sus extremidades. Era casi medianoche y aún tenían un buen tramo por recorrer hasta llegar a Dover. Con un buen clima tardarían al menos dos horas, pero con los caminos embarrados y la visibilidad entorpecida, ese tiempo podría duplicarse.

Con un silencioso suspiro, ella ciñó la capa de lana negra sobre sus hombros; hacía mucho frío en el carruaje. Ya tenía los dedos de los pies entumecidos y los de las manos helados cuando los metió bajo sus faldas para intentar mantenerlos calientes. Sus pensamientos se centraron en lo que ocurriría cuando llegara a Calais. Harriet estaba completamente sola y no tenía a nadie que la ayudara a encontrar el camino, pero, seguramente, con su dominio aceptable del francés, podría encontrar un carruaje a Normandía. Con las monedas que le había dado la señora Reed, debería poder permitirse una habitación en una posada antes de seguir con su viaje.

Sin embargo, la precaución sería crucial porque ella sabía que sería un objetivo para los hombres. Sola y al borde de la indigencia, sería presa fácil si no tenía cuidado. La única esperanza de Harriet en este momento era abusar de la amabilidad de los primos lejanos de su padre hasta que encontrara un trabajo adecuado. Había asistido a una escuela de señoritas antes de la muerte de su padre, y había sido una alumna muy apreciada por los instructores de allí. ¿Quizás podría encontrar trabajo como institutriz? Si eso no funcionaba, podría tener la oportunidad de ser costurera. No era una completa inútil con una aguja e hilo.

La tormenta no hizo más que empeorar a medida que pasaba la medianoche, y las lluvias inundaron el camino. Más de una vez, el señor Johnson redujo la velocidad del carruaje para permitir que los caballos atravesaran los charcos de agua más profundos que se habían acumulado. Harriet apoyó la frente en la ventanilla del carruaje y miró hacia la oscuridad. No vislumbró nada hasta que un relámpago iluminó el camino y por fin pudo ver a qué obstáculos se enfrentaban los caballos.

Pobres bestias, estaban arriesgando sus vidas para salvar la de ella. Ellos ni siquiera tenían la posibilidad de detenerse aquí, porque el campo alrededor de Dover no era un lugar seguro, al menos según los rumores que ella había escuchado en la mansión Thursley.

Harriet rezó para que llegaran al puerto de Dover sin tener motivos para detenerse. Estaban atravesando las tierras del Duque de Frostmore y Harriet temía encontrarse con él. Redmond Barrington era conocido como el Duque Oscuro o el Diablo de Dover por los criados de Thursley, y los rumores seguían su nombre como las sombras que proyectan las lápidas.

Harriet conocía todas las historias, por supuesto. El duque se daba un festín con los niños traviesos que no acataban los deseos de sus padres; él robaba la virtud de las doncellas desprevenidas lo bastante insensatas como para viajar solas por sus tierras. Quizá la historia más espantosa era que él había matado a su hermano menor, Thomas Barrington, en un duelo después de que Lord Frostmore descubriera a su hermano acostándose con su nueva novia. Se decía que él arrojó a su esposa por los acantilados antes de disparar a Thomas en el estómago y ver cómo se desangraba lentamente hasta morir. Harriet sabía que el hermano menor, efectivamente, había muerto, según los registros parroquiales, pero nadie conocía la verdad de su fallecimiento, aparte de que le habían disparado.

George había alardeado a menudo durante la cena de que él era un buen conocido de Lord Frostmore, y eso solo hizo que los temores de Harriet de ser atrapada en Dover fueran mucho más fuertes. ¿Y si el duque descubría que ella estaba aquí y la devolvía a George?

Independientemente de la veracidad de las sombrías historias, Harriet sabía que no era prudente que la sorprendieran sola en las tierras del duque, sobre todo cuando los acantilados de Dover estaban tan cerca. La imaginación desbordante de Harriet la llevaron hasta visiones de carruajes desplomándose por los acantilados y estrellándose en el mar.

Se estremeció ante la idea de luchar por respirar en agua de mar helada. Intentó disipar sus temores tanto como pudo y, en cambio, se concentró en pensar en su padre. Ya estaba casi dormida de nuevo cuando el carruaje dio un brusco bandazo y cayó de costado.

La cabeza de Harriet golpeó la pared del carruaje cuando este se volcó, y algo caliente empezó a gotear en sus ojos. Durante un largo momento, se quedó paralizada por el dolor y la confusión mientras su visión se nublaba. Finalmente, su vista se aclaró lo suficiente para poder levantarse. Sentía su brazo derecho extrañamente entumecido tras un violento dolor. Se recostó contra la ventanilla del carruaje, el cual ahora estaba prensado contra el suelo enlodado. Los cristales rotos le cortaron las palmas de las manos al intentar levantarse, y se estremeció al sentir un nuevo dolor en el hombro.

—¿Señor Johnson? —gritó ella.

Se escuchó un grito, amortiguado por el estruendo del

trueno. Harriet empujó la puerta que había por encima ella para poder salir por el lateral del carruaje, el cual ahora era el techo. Su dobladillo se rasgó al saltar del carruaje y sintió una punzada de dolor en el brazo mientras se preparaba para aterrizar. Se hundió casi al instante en varios centímetros de barro rezumante. El camino estaba oscuro; la luz de la luna era incapaz de atravesar las nubes de tormenta. En un breve resplandor de un relámpago, ella vio al señor Johnson cogiéndose la pierna, con la cara torcida por el dolor. Corrió hacia él, encorvándose para verlo mejor.

—¿Puede montar, señor Johnson?

—Me temo que no, señorita Russell —el señor Johnson hizo una mueca de dolor al intentar levantarse, pero volvió a caer al suelo—. Usted debería coger un caballo y cabalgar en busca de ayuda. Yo me quedaré con el carruaje.

—Tenemos que llevarlo a un médico —insistió Harriet. Un relámpago recorrió el cielo y, a lo lejos, un edificio monumental se reveló momentáneamente—. ¿Qué lugar es ése, señor Johnson? —señaló en dirección al edificio lejano.

El rostro del conductor se ensombreció.

—Es la finca de Lord Frostmore.

—¿El Duque Oscuro? —el corazón de Harriet dio un brinco en su pecho.

—Sí, señorita. Sé que es usted una dama valiente, pero no debe ir allí —el señor Johnson la cogió del brazo como si quisiera impedir que fuera a pedir ayuda allí.

Harriet le apartó suavemente los dedos de su brazo.

—¿No hay ningún otro lugar lo suficientemente cerca como para llegar?

—No con este clima —admitió el conductor.

—Entonces debo ir a ver al duque.

—Señorita, por favor... —protestó el conductor, pero ella negó con la cabeza.

—No se preocupe por mí, señor Johnson. Ahora venga, déjeme ayudarlo a levantarse. Puede descansar dentro del carruaje hasta que llegue la ayuda. No debe coger un resfriado con esta tormenta.

Harriet lo obligó a levantarse y lo metió en el carruaje con cierta dificultad. Después de dejar al señor Johnson en un lugar seguro, ella soltó a uno de los caballos y se subió al lomo de la bestia, cogiendo las largas riendas. No había montado a caballo desde que era niña y, aunque ahora no estaba segura de su habilidad, sabía que el señor Johnson dependía de ella.

Sus faldas rotas y embarradas se abrieron con facilidad mientras montaba a horcajadas sobre el caballo. Envolviendo las riendas con fuerza alrededor de sus dedos, pateó los costados del caballo. El caballo no necesitó más impulso para volar por el empapado camino hacia la lejana finca. Su capa salió volando detrás de ella cuando volvió a clavar sus botas llenas de barro en los flancos del caballo, impulsándolo hacia el oscuro y sombrío edificio que ella había vislumbrado momentos antes.

Harriet cabalgó con fuerza hasta las puertas. La pesada

estructura de hierro forjado estaba abierta lo suficiente para que su caballo pasara, pero Harriet se detuvo en la entrada, observando los afilados techos en forma de picos de las puertas y la piedra tallada con el nombre de "Frostmore" cerca de las puertas.

Un par de diabólicas gárgolas se agazapaban de manera amenazante en ambos lados de los pilares de la entrada. Y cuando los relámpagos brillaron sobre ellas, Harriet casi gritó al jurar que se movieron. Sintió más dolor sobre su hombro y gritó, estrujando su hombro herido.

La gran mansión yacía en la penumbra. Ahí, entre sus muros estaba el Duque Oscuro. ¿Podría ella cruzar esas puertas y afrontar los riesgos? Harriet pensó en el señor Johnson y en sus heridas, y recordó las lecciones de esgrima de su padre. Ella era capaz de defenderse si llegaba el caso, suponiendo que él no fuera como su padrastro y que tuviera hombres contratados para atraparla, así que espoleó de nuevo a su caballo y atravesó las puertas, dispuesta a arriesgar su vida para ayudar a su cochero. Pero haría todo lo posible por suplicar ayuda a los criados que abrieran la puerta y, con suerte, no comunicarían a su amo que ella estaba aquí. Era una pequeña esperanza, pero aun así se aferró a ella.

La mansión estaba a oscuras; solo había algunas luces encendidas cerca de la entrada principal. Harriet abandonó a su caballo y subió corriendo los escalones de piedra, golpeando la pesada puerta de roble con la aldaba. Al cabo de unos minutos, un hombre de mediana edad y rostro serio abrió la puerta. Él llevaba puesta su ropa de dormir y cogía una vela cerca de su cabeza. Sus ojos empañados la miraron con sorpresa y confusión.

—Por favor, señor. Mi cochero está herido. Nuestro carruaje se ha volcado en el camino a Dover. ¡Él no puede caminar ni montar sin ayuda! —se apresuró a decir Harriet.

El hombre vio su aspecto sucio y empapado y abrió más la puerta.

—Entra, hija mía. Rápido —susurró el hombre en un tono suave. Harriet lo siguió, y él la condujo a través de oscuros pasillos hasta que llegaron a una pequeña sala de estar. El hombre encendió fajina fresca bajo los troncos de la chimenea con su vela y se volvió hacia ella—. Ahora, más despacio, cuéntame exactamente qué ha pasado —le hizo un gesto indicándole que se sentara en el sofá. Harriet hizo todo lo posible por relatar el accidente en el camino—. Me ocuparé de ir a por él y cuidarlo de inmediato. Por favor, quédate aquí. No salgas de esta habitación, es mejor que solo yo y unos pocos más sepamos que tú estás aquí —advirtió el hombre mayor. Había una sombra de preocupación en sus ojos que la instó a obedecer. Él debía desear ocultar su llegada al duque, y eso le parecía bien. Pero si el carruaje estaba estropeado, ella no tendría forma de llegar al puerto de Dover... y era posible que George la estuviera buscando en este momento.

Después de que el mayordomo la dejó sola, Harriet se

levantó y se acercó al fuego, extendiendo las manos para calentarlas sobre las escasas llamas. Aún sentía un dolor leve y atroz en el hombro, pero no quería que nadie supiera que se había hecho daño. La debilidad de una mujer que viajaba sola era aún más peligrosa.

Pasaron unos minutos de silencio sepulcral en los que solo se oía el tic-tac de un reloj de pie antes de que ella escuchara un movimiento en el pasillo. Levantó la mirada y vio un gran perro negro en el umbral de la puerta. La silueta de la criatura era alarmante, como la interrupción de un sueño por un cerbero. El perro lanzó un gruñido grave y enseñó sus blancos dientes. Probablemente le llegaba al pecho. El perro dio un paso hacia ella y su gruñido se hizo más grave y mortífero.

Harriet se echó la capucha hacia atrás y apartó los mechones húmedos de cabello rubio de su cara para poder hacer mejor contacto visual. Su padrastro tenía varios sabuesos malvados en Thursley, de los que ella había tenido que defenderse más de una vez. Ella no retrocedió ni mostró miedo. Apoyó las manos en sus caderas y se inclinó amenazadoramente hacia el perro. El perro dio otro paso adelante y sus ojos marrones se clavaron en los azules de Harriet. Soltó un gruñido y trotó hacia ella.

—¡Siéntate! —gritó Harriet en tono autoritario.

El enorme perro se quedó inmóvil y el gruñido murió en su garganta. Ligeramente confundido, bajó sus patas traseras para sentarse a medio metro de ella. Durante un largo rato, siguió mirando a la bestia, que, al verla mejor, parecía ser una especie de sabueso... ¿un schnauzer? Pero nunca había visto uno tan grande. El perro tenía una noble barba negra, un cuerpo fuerte y bien formado y un pelaje brillante.

Harriet extendió la mano con cuidado hacia la criatura, quien inclinó el cuello hacia adelante y le rozó la punta de los dedos con su húmedo hocico negro, de forma cautelosa pero amistosa. El animal bufó ruidosamente, pero no hizo ademán de morderla mientras ella acariciaba su gran cabeza. Se le erizó el vello de la nuca y la sensación de sentirse observada le recorrió la piel, provocándole pequeños temblores a lo largo de su espina dorsal.

—Eres la primera persona a la que Diablo no ha mordido al conocerla —dijo una voz fría desde la puerta.

Harriet levantó la cabeza y vio a un hombre alto apoyado en la puerta. Su cabeza estaba encendida en llamas con un cabello rojo intenso demasiado largo, y sus ojos color avellana brillaban como topacios con el resplandor lejano del fuego. Su rostro estaba esculpido con perfecta masculinidad, pero había un atisbo de crueldad que colgaba en sus sensuales labios, e ira irradiaba de sus ojos. Ella se mordió el labio e intentó contener el temblor de su cuerpo mientras lo *contemplaba*. No había ninguna duda: él era el Duque de Frostmore.

No era apuesto como solían serlo algunos hombres. Desde luego, no había nada angelical en su rostro ni en su cuerpo que le diera una sensación de encanto natural. En cambio, él parecía existir de una manera singularmente masculina que la hizo incorporarse y fijarse en él. El miedo y la curiosidad se enfrentaron entre sí mientras ella seguía mirándolo.

—¿Diablo? —era una tontería decirlo, pero ningún otro pensamiento en su mente era lo suficientemente coherente como para decirlo. El efecto que George tenía sobre de ella no era nada en comparación con este hombre. Luchar contra George, de haber llegado a eso, habría sido difícil, pero ella pudo saber con una mirada que intentar resistirse a este hombre sería imposible. Harriet tragó duro y decidió ser agradable, pero no demasiado, no fuera a ser que él pensara que era una mujer que podía llevarse a la cama.

—Sí, mi compañero de pelaje negro. Pasé un verano en los Alpes Bávaros hace dos años y lo traje conmigo. Es una raza de perro bastante nueva, un schnauzer gigante. Diablo parecía un nombre apropiado para la bestia. Él le ha arrancado la garganta a muchos hombres descuidados e incluso a algunas damas descuidadas —su tono era serio, pero ella creyó; o más bien, esperó, ver un destello de burla en sus ojos, una burla oscura y cruel.

—Si es así, tal vez la culpa no sea de la bestia, sino de su amo —replicó Harriet, enfrentándose a su mirada con valentía, a pesar de que en el fondo estaba temblando.

Él no es diferente de George. Puedes manejarlo.

Intentó infundirse confianza en sí misma, pero el brazo derecho le dolía ferozmente y la cabeza le latía con un dolor que hacía que incluso la luz del fuego le abrasara los ojos. Ella había tratado con hombres así, de los que se complacían en infundir miedo en el corazón de una mujer. Pero Harriet no se dejaba intimidar tan fácilmente.

Lord Frostmore se cruzó de brazos y se apoyó perezosamente en el marco de la puerta, impidiéndole escapar. Harriet sintió sus ojos clavados en ella, como si él quisiera arrancarle la ropa del cuerpo y devorarla.

Pero, para su sorpresa, la fuerza de esos ojos bastó para que ella también sintiera un susurro de emoción oscura y prohibida, algo que nunca antes había sentido. George solo le había dado asco cuando la miraba así, pero con este hombre... algo era diferente. La ira y el desdén mezclados con lujuria en los ojos del duque parecían diferentes. Y había algo más en su mirada... ensombrecida no por la maldad, sino más bien por el dolor. El dolor era algo que ella reconocía demasiado bien.

El hombre chasqueó los dedos y Diablo salió trotando de la habitación, dejando solos a su amo y a Harriet.

—¿Puedo preguntarle, señorita...?

—Russell, Harriet Russell —ella soltóde golpe su verdadero nombre sin pensar, pero ya era demasiado tarde. No podía retractarse. Solo podía rezar para que, si este hombre conocía en verdad a George, nunca tuviera motivos para hablar de ella y mucho menos para llamarla por su nombre.

—Señorita Russell, ¿qué hace en mi casa a estas horas *escandalosas*? —sus labios se curvaron hacia arriba al decir "escandalosas", como si él compartiera alguna broma privada. Entonces, ella había acertado en su suposición. Él era el Duque Oscuro, el infame Diablo de Dover.

—Mi carruaje ha volcado y mi conductor ha resultado herido. Pedí ayuda al hombre que abrió la puerta —ella dio un pequeño paso hacia atrás cuando el duque entró en la habitación y cerró la puerta tras de sí. Escuchó el sonido de una llave girando en la puerta antes de que él volviera a mirarla de frente. Harriet cogió su brazo herido para sostenerlo mientras intentaba parecer relajada, por temor a delatar su condición de herida.

—Así que mi hombre Grindle te ha dejado entrar, ¿verdad? —el duque se recostó contra la puerta cerrada, mirándola con creciente interés.

—Su Alteza, no pretendía importunar, pero mi conductor está terriblemente herido y la tormenta está empeorando.

Un trueno retumbó como si fuera una señal cósmica, sacudiendo la casa a su alrededor. Harriet intentó mantener la calma mientras el duque se acercaba. Él llevaba bombachos color beis y una camisa blanca suelta que se abría en su pecho, revelando unos hombros anchos y un pecho esculpido de manera tan impresionante que los ángeles habrían llorado. Su estado de relativa desnudez había escapado de su atención mientras había estado muy concentrada en su cara y en su perro.

Involuntariamente, Harriet dio otro paso hacia atrás, su

cuerpo le advertía del peligro que emanaba de él. No debía quedarse a solas con él. Atreviéndose a mirar a su alrededor, intentó encontrar un cordón del cual tirar para llamar a un sirviente que la protegiera si le fallaban sus fuerzas.

—¿Usted está *sola* esta noche, señorita Russell? —el duque estaba a tan solo un palmo de distancia, mirándola a los ojos.

Él le cogió la barbilla y le levantó la cara mientras la estudiaba. Intentó retroceder, pero el sofá estaba justo detrás de ella, sus pantorrillas chocaban contra la base de los cojines. Lord Frostmore levantó la otra mano para desabrocharle el cierre de la capa a la altura del cuello. La gruesa tela se desplomó a sus pies en ondas de lana gruesa color ébano. Harriet se sintió repentinamente desnuda ante su mirada, a pesar del vestido de muselina rosa pálido que llevaba.

—Estoy sola, salvo por mi chófer —respondió. Él reconocería la verdad en sus ojos si intentaba mentir, y se negaba a dejarse acobardar por él. La mano del duque en su cuello bajó lentamente hasta su pecho y luego hasta la carne prominente de sus pechos. Las puntas de sus dedos trazaron una línea ardiente sobre su piel antes de retirar la mano.

—*Nunca* deberías viajar sola por mis caminos —Lord Frostmore le soltó la barbilla y volvió su mirada hacia el fuego, dejando de verla a ella.

—No tengo miedo —declaró Harriet con valentía.

Él se rio suavemente.

—Lo tendrás antes de que acabe la noche —se dijo esto

a sí mismo, como si sus palabras no fueran una advertencia sino una oscura promesa.

—Tú no te atreverías a tocarme —el tono de Harriet se mantuvo firme, a pesar de su creciente preocupación. Quería convencerse de que él no le haría ningún daño, no con el señor Grindle y los demás criados como testigos. El duque se volvió hacia ella, con un cruel deleite brillando en sus ojos.

—Haría más que *atreverme*, querida. ¿No sabes en casa de quién estás parada? —él volvió a concentrarse en el fuego, pero Harriet sabía que su atención seguía puesta en ella, como si esperara que gritara o se desmayara como una niña tonta.

—Tú eres Redmond Barrington, el Duque de Frostmore —a ella no le pareció prudente mencionar sus otros nombres. El duque esbozó una amplia sonrisa mientras la luz del fuego jugaba con las sombras de su rostro. ¿Había cometido un error al venir aquí? Pero, ¿qué otra opción tenía? No podía dejar al señor Johnson herido en medio de una tormenta peligrosa. Ella se enfrentaría a este demonio y haría lo que fuera para sobrevivir a la noche.

TRES

—**D**ime, ¿aún me llaman el Duque Oscuro? —le preguntó, con una oscura diversión coloreando su tono—. ¿O han adoptado ese otro nombre, el Diablo de Dover?

Harriet inhaló bruscamente cuando se giró para mirarla.

—Veo que todavía lo hacen. Bien, mi querida señorita Russell, has cruzado un peligroso umbral. Has atravesado las puertas del diablo, como dicen —la cogió por los hombros con fuerza.

Harriet no tuvo tiempo de reaccionar cuando la empujó hacia el sofá. Pero un momento después recobró el juicio y lo golpeó en la cara. Él se recuperó del golpe más rápido de lo que ella esperaba, y el hombro le dolió como castigo por el esfuerzo. Él le cogió las muñecas y las inmovilizó contra los cojines del asiento.

Ella gritó con fuerza, más por el dolor y el miedo que por la rabia.

—¡Suéltame! —no sería capaz de detenerlo, no sería capaz de hacer nada si él...

Destellos de recuerdos, de luchar contra George y sus hombres, solo la hicieron gritar más fuerte. Este hombre podía hacer fácilmente lo que tres hombres habían luchado por conseguir hacía solo unas horas. Al parecer, la pesadilla no terminaría. Agotada, cogió una bocanada de aire mientras sus pulmones ardían.

—Adelante, grita. Nadie vendrá. Esta es la casa de un demonio, y te has alejado demasiado de la seguridad —él se rio y la soltó. Ella se quejó mientras el dolor le recorría el hombro en oleadas. El duque dio un paso hacia atrás y entrecerró los ojos cuando ella presionó el brazo herido contra su pecho—. No pude haberte hecho tanto daño, apenas te he tocado —murmuró, en parte para sí mismo.

Harriet cerró los ojos, esperando que él volviera a atacarla, a hacerle más daño, pero cuando abrió los ojos, él la miraba con... ¿preocupación?

—Tú no has... Yo... —ella jadeó, respirando a través del dolor—. El carruaje se volcó, como he dicho... y mi hombro se llevó la peor parte de la caída.

¿Por qué sentía la necesidad de dar explicaciones? Ella no lo sabía.

Él siguió mirándola fijamente.

—¿Por qué no vamos arriba y te echo un vistazo? —él

hablaba tan suavemente que, por un momento, ella sintió la tentación de confiar en él, en este hombre al que hasta hoy solo conocía por su aterradora y legendaria reputación. Su mirada seguía fija en el brazo de Harriet, y esa necesidad de confiar en él, de confiar en *alguien*, empezó a crecer. Hasta que sus ojos se posaron en los de ella y vio el deseo en su mirada. Y entonces resurgió el consejo de su padre de no bajar nunca la guardia.

No podía confiar en que él se hiciera el caballero por mucho tiempo. Este hombre era un demonio. En su rostro se veía claramente lo que deseaba de ella.

—Si intentas sacarme de esta habitación, exijo un intento de defenderme con honor —Harriet levantó la barbilla y lo miró de una manera desafiante con todas las fuerzas que le quedaban.

—Entonces... ¿no te someterás a mí si decido violarte? —él parecía extrañamente divertido por la indignación en su tono, y su propia voz sonaba como si estuviera bromeando, pero ningún hombre decente se burlaría de una dama con algo así. Se inclinó hacia ella, apoyando una mano en el sofá y la otra en su hombro sano, inmovilizándola.

—¡Claro que no! ¡No tienes derecho a tocarme! —Harriet forcejeó, intentando liberarse del agarre en su hombro, pero él la mantuvo quieta con aparente facilidad. En lugar de ceder a su propio miedo, se dejó llevar por la ira. Ella era una mujer bajita, pero no débil. Se había convertido en una experta en evasión cerca de su padrastro, pero justo ahora no había ninguna evasión posible. Ella tendría que usar su ingenio como un arma hasta que pudiera conseguir algo más que pudiera blandir.

—¿No tengo derecho? Mi querida señorita Russell, los derechos no tienen nada que ver con esto. Tú has invadido mis dominios. Aquí rigen mis reglas, no las de alguien más —él se inclinó bruscamente para presionar sus labios contra los de ella en un beso tosco.

La repentina sensación la abrumó por un momento; el calor de su boca, el sabor de sus labios y su cálido aliento, que hizo que su cuerpo cobrara vida. Un instante después, la realidad volvió a golpearla al sentir el suave roce de sus dientes en el labio inferior. Aprovechando la oportunidad, Harriet le mordió el labio, haciéndolo sangrar. Él se apartó con un gruñido. Ella se preparó para recibir un golpe, pero éste nunca llegó. Él le soltó el hombro ileso y dio un paso atrás, mirándola con el ceño fruncido.

—¡Maldita seas, pequeña descarada! —se lamió la sangre que le corría por el labio inferior. Después, Lord Frostmore se limpió la boca con la punta de los dedos. De pronto, soltó una risita, sacudió la cabeza y murmuró algo que sonó como: Me lo merezco, supongo.

Harriet temblaba de rabia ahora. La rabia era mucho más fuerte que el miedo y parecía despejarle la cabeza del sordo zumbido provocado por el dolor del accidente.

Levantó la mirada hacia la pared que había detrás de él. Ahí colgaban dos floretes de esgrima de una forma decorativa. De poder alcanzarlos, aún podría luchar para salir de la habitación. Lord Frostmore se dio cuenta de su mirada atenta en los floretes y sonrió, sustituyendo su mal humor por un placer diabólico. Él levantó la mano y cogió uno de la pared, agitándolo cerca de sus tobillos. Parecía un movimiento descuidado, pero ella vio la destreza con la que él manejaba el florete. Parecía tan familiarizado con el arma como ella. Harriet se levantó del sofá y se escondió detrás de éste cuando el duque se acercó a ella a paso lento, agitando burlonamente el florete en el aire. Necesitaba llegar hasta el otro si quería enfrentarse a él.

—¿Supongo que no me permitirás defenderme de igual a igual? —preguntó ella, con los ojos clavados en el segundo florete. Tal vez la subestimaría y no se daría cuenta de su habilidad hasta que fuera demasiado tarde; si tan solo pudiera convencerlo de que le entregara el arma.

—No la entregaré sin más. Me gustaría hacer una apuesta.

—¿Una apuesta? ¿Sobre qué? —ella nunca había frecuentado los establecimientos de juego, pero no le sorprendió en lo más mínimo que él sí.

—Te daré el otro florete, y si me superas, no te volveré a acosar esta noche. Puedes dormir tranquila, sabiendo que el diablo no acecha en tu puerta. Si yo gano, tú subes a mi recámara y yo le echaré un vistazo a tu brazo, te guste o no.

No confiaba en él lo más mínimo. Sus ojos y su sonrisa

lo delataban, pero Harriet no podía rechazar la oportunidad de apoderarse del florete.

—¿Y las condiciones de este combate? —preguntó ella, cuestionándose si habría alguna trampa en sus planes.

—El primero que sangre. Solo un rasguño bastará; sin duda, como mujer estás familiarizada con tan escasas defensas.

El diablo la estaba provocando. En su lugar, estuvo tentada a atravesarlo, pero si no llegaba a Calais al amanecer, seguramente sería capturada y ejecutada por asesinar al duque, aunque él fuera el diablo.

—¿El primero que sangre? En eso estoy de acuerdo —para ese momento, ella ya se había movido alrededor del sofá, de espaldas a la pared con el florete mientras él la perseguía lentamente por el suelo alfombrado. De haberse sentido mejor, Harriet habría sonreído. El duque no sabía que era la hija de un renombrado maestro de esgrima. Él iba a perder.

Harriet se giró rápidamente, aprovechando la distancia que los separaba para saltar y coger el segundo florete de la pared con su brazo sano. Aunque era diestra, su padre la había entrenado para utilizar ambas manos por igual en el manejo de la espada.

Se giró justo a tiempo para sortear la primera estocada bien colocada del duque. Con un movimiento de muñeca, ella cambió la posición de su espada y la de sus pies, lo que le permitió retroceder unos pasos más. Harriet estabilizó sus pies y levantó el brazo que cogía la espada. La emoción de la lucha mitigó el dolor de su hombro y brazo derechos lo suficiente como para seguir moviéndose con rapidez. Entonces dio dos pasos rápidos y atacó. Él bloqueó el ataque y ella retrocedió, justo fuera del alcance de su estocada.

—Alguien te ha enseñado algunas habilidades con la espada. ¿Un amante, quizás? —volvió a saltar hacia ella.

Harriet contraatacó con un bloqueo circular y luego replicó con una técnica perfecta, pero él había anticipado eso y la esquivó con una clásica acción ofensiva. Él hizo fingió una estocada y retrocedió, solo para volver a lanzarse hacia adelante. Esta vez, Harriet amagó un golpe y consiguió hacerle un corte en su camisa suelta cerca del estómago, pero él retrocedió demasiado rápido y ella ni siquiera le rasguñó la piel.

—Tal vez deberías apartar ese florete, niña, antes de que te hagas daño —se burló cruelmente.

—Cuidado, Su Alteza, o la próxima vez le haré un corte más profundo —advirtió sin el menor temor ahora. Ella le haría daño si tenía que hacerlo, y al diablo las consecuencias.

El tono del duque siguió siendo frívolo.

—Ponte seria, querida. Tú no te atreverías a hacer más que un rasguño. Las jovencitas como tú siempre se escandalizan al ver sangre.

Harriet quería gruñir, al igual que lo había hecho el perro negro gigante, pero no podía perder su concentración. El duque parecía dispuesto a abandonar las reglas cuando saltó por encima del sofá, el cual ella había vuelto a interponer entre ellos con mucha cautela. Él se paró sobre la capa arrugada de Harriet, quien sonrió. Ella se lanzó al suelo, cogió y tiró del borde de la capa. Él cayó de espaldas, con el florete rodando lejos de su mano mientras la miraba, atónito. Casi parecía dispuesto a reírse con sincera diversión en lugar de desprecio. Harriet avanzó hacia él, con la punta de la espada puesta en su garganta. Lo obligó a levantar la mirada y a encontrarse con sus ojos. Nunca en su vida había sentido la emoción de tener a un hombre bajo su poder de esta manera, pero ahora comprendía por qué su padre había advertido a sus alumnos que fueran precavidos. Uno podía ser descuidado cuando preveía una victoria fácil.

—¿El primero que sangre? —preguntó con una sonrisa malvada. Había algo en este hombre, por aterrador que fuera, que sacaba a relucir su propia maldad. Una extraña y salvaje necesidad de demostrar que ella no seguiría teniéndole miedo.

Los ojos del duque se entrecerraron hasta convertirse en rendijas.

—No te atreverías...

—Haría más que atreverme —ella le devolvió sus propias palabras con demasiado placer. Movió la punta de la espada, cortándole el hombro, rasgando tela y piel, pero la línea de sangre era muy leve. Un rasguño, tal como él había dicho que ella haría, pero no porque le temiera a la sangre, sino por respeto al talento que él tenía con la espada. Su padre le había enseñado mucho sobre esgrima, pero honrar al oponente era una de las lecciones más importantes—. Puede que aquí rijan tus reglas, pero también lo hace una espada —añadió con una sonrisa confiada. Conocía el gremio de su padre lo suficientemente bien como para mantener a raya a este demonio. Lord Frostmore se puso en pie y se limpió los pantalones antes de volver a mirarla, esta vez de forma más crítica y con mucho menos enfado.

—Parece que la punta de una espada es suficiente persuasión para que yo te ofrezca una cena mientras esperamos el rescate de tu cochero y una habitación para esta noche. ¿Me lo permitirías? —él le quitó el seguro a la puerta y le hizo un gesto para que ella saliera primero hacia el pastillo. Harriet mantuvo su espada en alto, esperando que él cambiara de opinión en cualquier momento y se abalanzara sobre ella.

—Tú deberías ir primero, para mostrarme el camino —no era tan tonta como para ofrecerle su espalda expuesta.

El duque la condujo por el pasillo hasta un gran comedor. Llamó a un criado para que encendiera velas y trajera vino y comida. Harriet ocupó el asiento más alejado de él, en el extremo opuesto de la larga mesa, poniendo su florete al alcance de su mano en el borde de la mesa. Aún le dolía mucho el hombro, pero disimuló cualquier atisbo de dolor.

—¿Has dicho que tu apellido es Russell? ¿No serás pariente de Edward Russell, el maestro de esgrima? ¿Él sigue enseñando?

—Soy su hija. Él murió hace seis años —ella observó sus ojos caídos en busca de alguna reacción.

—El hombre fue un buen tutor para muchos chicos en Cambridge. Me alegro de que también te enseñara su profesión —los labios del duque se curvaron en una pequeña sonrisa—. ¿Qué te trae a Dover? Tu padre tenía una casa en los Cotswolds, si no recuerdo mal.

—Vivíamos allí antes de que él muriera. Me dirigía a Calais para reunirme con su familia —no mencionó a su madre; incluso pensar en ella le producía un dolor muy fresco.

—Mis condolencias —respondió el duque. Había una extraña sinceridad que parecía fuera de lugar mientras lo decía, pero fue breve, y sus ojos pronto volvieron a brillar con una actitud despreocupada que hablaba de un hombre que se entregaba a placeres oscuros y no le importaba en lo más mínimo que alguien lo juzgara por ello.

Una criada entró en el comedor con una bandeja de comida rápidamente preparada y una botella de vino. El duque comió inmediatamente y sin preocupación, probando todos los platos como para demostrarle que no tenía intención de envenenarla. Harriet estaba hambrienta tras la larga tarde, y probablemente comió más de lo prudente, pero mientras cuidaba de su madre durante las últimas semanas, apenas había podido comer, pues su dolor y preocupación eran demasiado abrumadores.

Lord Frostmore la observó comer con un aire de divertida satisfacción.

—Señorita Russell, permíteme hacerte una pregunta —Harriet no vio inconveniente en permitirlo; siempre podía negarse a contestar si la pregunta le resultaba ofensiva.

Ella bebió un sorbo de vino.

—¿Qué deseas preguntar?

—¿No estás casada?

Fue una pregunta inesperada, y tragó saliva de manera incómoda.

—¿Casada? No.

—¿Por qué no? Eres una mujer hermosa —el duque se inclinó hacia adelante en su silla y apoyó los codos en la mesa. Harriet sabía que debería preocuparse por el rumbo que pudiera tomar la conversación, pero se sintió extrañamente a gusto respondiendo a su pregunta.

—Yo... —hizo una pausa, eligiendo sus palabras con cuidado—. Me quedé con mi madre cuando murió mi padre. Tenía catorce años cuando mi madre se volvió a casar. El hombre... mi padrastro... no nos permitía pasar mucho tiempo en sociedad. No tuve oportunidad para el amor —sabía que para un hombre como él debía sonar ridículo hablar de amor y otras nociones tan románticas, pero a menudo, ella se había preguntado cómo habría sido su vida si hubiera conocido a un joven en Faversham y se hubiera casado. ¿Sería ahora la anfitriona de una reunión para celebrar la llegada de un bebé? ¿Cómo habría sido su vida?

Dejó el tenedor sobre su plato de venado y la estudió.

—¿Y ahora? ¿Te consideras interesada en el amor?

—Creo que sí. Si aparece el caballero adecuado, un hombre con honor —quería casarse con alguien como su padre. Un buen hombre, un hombre con ojos risueños y una sonrisa cálida y un corazón lleno de amor.

—¿Un hombre con honor? No existe tal cosa. Todos somos unos canallas y demonios; algunos simplemente ocultan mejor sus cuernos que otros —Lord Frostmore sonrió irónicamente, sus dedos jugueteaban con su copa de vino, aún llena.

Harriet no dijo nada, aunque estuvo tentada de señalar que a él no parecía importarle que ella pudiera verle los cuernos, e incluso la cola y la horca.

—El hombre no tiene por qué ser un santo —añadió ella, pensándolo en voz baja—. Pero nunca podría casarme con un hombre que busca examinar mi carácter a cada paso que doy como si fuera una mascota sumisa. A pesar de las leyes vigentes en Inglaterra, yo no soy una propiedad y nunca me casaría con un hombre que me tratara como tal —sin embargo, ella no había pensado mucho en el amor y el romance desde la muerte de su padre. Había vivido tanto tiempo bajo la sombra de George que ella misma había encerrado esa parte de sus sueños.

Pero ahora, mientras pensaba en ello, sabía en el fondo de su corazón que no podía aceptar casarse con un hombre a menos que éste encendiera algo de fuego en su sangre. Se consideraba una mujer de pasiones salvajes y necesitaba un marido que la aceptara, no que la condenara por ello. No sería bueno reprimir su naturaleza impredecible casándose con un hombre que arruinaría su vivacidad.

Harriet cogió su copa de vino para beber otro trago, pero sus movimientos parecían más lentos que antes, como si por fin le estuvieran fallando las fuerzas tras la terrible experiencia de la noche.

—No todos los hombres tratan a sus esposas como una propiedad. Algunos hombres se atreven a amar y a soñar, aunque eso les cueste su propia alma —el duque apartó su silla de la mesa, se puso en pie y comenzó a caminar hacia ella.

Preocupada por su lento y depredador avance hacia su dirección, Harriet alcanzó su espada. Sus dedos se enroscaron en el suave metal de la empuñadura y volvió a sentirse segura.

—Por favor, no se acerque más, Su Alteza. No... no confío en usted —empujó su silla hacia atrás y se levantó, pero su cabeza se tambaleó con un mareo imprevisto y, de repente, se volvió difícil articular palabra.

El brazo de la espada tembló y la punta de la cuchilla cayó unos centímetros. Ella parpadeó; su visión se duplicaba y giraba lentamente. Harriet cayó sobre la mesa en busca de apoyo, casi dejando caer su florete, ya que solo tenía un brazo fuerte para sostener su peso. Cuando Lord Frostmore llegó hasta ella, intentó arrebatarle el florete con cuidado, pero ella lo levantó en un arco hacia él. Pero su acción fue demasiado lenta, y él le cogió la muñeca y la estrujó ligeramente.

—Suéltala —le ordenó. La espada cayó al suelo. Harriet lo golpeó en la cara con su puño libre y gritó de dolor al sentir una violenta punzada en el hombro—. Pequeña tonta —murmuró—. No quería que te hicieras daño —su voz era suave y dulce y, por un segundo, Harriet se preguntó si ella le importaba, pero ¿cómo podía importarle? Él era un demonio.

Lord Frostmore la estrechó entre sus brazos y el dolor disminuyó a medida que lo fuera que le estuviera ocurriendo a Harriet, se intensificaba aún más. Era como si algún hechicero le hubiera lanzado un poderoso hechizo para dormirla. ¿Ella se despertaría en alguna torre lejana, cubierta de telarañas y recibiendo el beso de un príncipe? Su madre solía leerle cuentos de hadas cuando era niña, y ahora... ahora era lo único en lo que podía pensar. Príncipes... torres oscuras y encantamientos... sueño interminable.

—¿Cómo... lo... has hecho? —murmuró soñolienta. Lord Frostmore le había hecho esto, fuera lo que fuera, y ella se aferraba a su conciencia, queriendo saber cómo.

—El vino, querida. Nunca lo bebí. Pensé que te darías cuenta —su suave risa le despeinó el cabello mientras sus brazos la rodeaban por la cintura.

—Eres el demonio —dijo Harriet en un susurro furioso

mientras se hundía contra él, ahora apenas capaz de mantenerse en pie.

—Lo peor está por llegar. Por suerte, al amanecer no recordarás gran cosa de esta noche —le aseguró el duque.

Su brazo alrededor de su cintura era lo único que la mantenía en pie. Ellos salieron del comedor y entraron al pasillo de la entrada, cerca de las escaleras. Harriet se aferró a una mesita junto a la escalera, clavando sus dedos en la madera. El duque tiró de su cuerpo cansado, pero cuando ella se negó a ceder, él la puso contra la pared, haciéndola sentir su fuerza mientras le acercaba los labios a la oreja.

—Ahora, querida, sé razonable. ¿Quieres que me ocupe de ti aquí? ¿O debería atenderte en un lugar más privado? —una de sus manos bajó por su espalda hasta la curva de sus caderas, cogiendo el fino vestido de muselina rosa en su cintura. Harriet luchó por comprender. ¿Él iba a...?

—¡No... por favor!

El duque le besó la frente, le rozó la mejilla con sus nudillos y después la soltó para que pudiera inclinarse y rodearle las piernas y la espalda con un brazo, levantándola y llevándola en brazos como a una niña.

Harriet echó la cabeza hacia atrás, su mirada estaba hipnotizada por el techo giratorio y la luz danzante de las velas que creaban una corona llameante alrededor del cabello rojo del duque. Sus ojos se cerraron y no volvieron a abrirse hasta que su cuerpo se hundió en una mullida cama. Se obligó a abrir los ojos, justo a tiempo para ver a Lord

Frostmore acercándose a la cama. Él parecía ser un sueño, como un dios pagano forjado de relámpagos y luz de luna, un Zeus poderoso que se transformaba de cisne a una figura mortal para poder deleitarse con la hermosa Leda humana.

Harriet intentó incorporarse, pero se desplomó de nuevo sobre la cama. Luego, intentó darse la vuelta y arrastrarse lejos de él, pero la capturó y la volvió a colocar suavemente en el centro de la cama.

—Quédate —le ordenó él, y salió de la habitación.

Harriet cerró los ojos, sus párpados le pesaban demasiado como para seguir abiertos. Se rindió ante lo que fuera que él había mezclado con su vino. Mientras se hundía en la oscuridad que la devoraba, juró que lo mataría si sobrevivía a la noche.

Cuatro

Redmond miraba fijamente a la débil mujer que yacía en su cama, intentando evitar sentir la culpa de sus actos. Había resultado gravemente herida —todavía lo estaba—, y la punta de su estoque había dejado bien claro que no confiaba en él en absoluto, y él no podía culparla, dado cómo se había comportado. Él también temía que estuviera un poco desquiciada. Seguramente solo una mujer un tanto loca y desesperada entraría en su guarida, dado lo que se decía de él.

No había querido drogarla, pero a medida que avanzaba la noche y la desconfianza de ella no daba señales de disminuir, había hecho que la cocinera pusiera láudano en el vino. Sin duda, cuando ella se despertara, estaría furiosa y reivindicaría su desconfianza hacia él, pero al menos estaría bien descansada y su brazo estaría limpio y curado.

Había crecido acostumbrado a actuar como un hombre perverso, amenazando con violar a más de una joven lo bastante tonta como para llamar a su puerta. No era que él lo hubiera hecho, pero a veces hacía falta mucho para ahuyentar a una mujer dispuesta a casarse. ¿Pero ésta? Ella tenía en los ojos un miedo distinto al de las demás, como si hubiera sentido antes el temor de que un hombre la reclamara por la fuerza. Eso había conmocionado a Redmond, y él había cambiado de táctica, permitiéndole coger una espada para defenderse, solo para que ella lo venciera como una maestra esgrimista. Al principio, se había sentido confundido por su evidente habilidad con la espada y se preguntó por qué estaba tan desesperada por usarla primero para defenderse. Odiaba pensar que una mujer como ella, con tanto ingenio y valentía, se hubiera enfrentado a algo tan terrible como eso.

Así que la hija de Edward Russell estaba en su cama... Él sacudió la cabeza y se dirigió hacia la puerta, decidido a pensar en el misterio de cómo había acabado aquí más tarde, cuando tuviera oportunidad de hablar con ella después de que se despertara.

Redmond se encontró con su mayordomo en el pasillo.

—Ah, Grindle. ¿Has encontrado el carruaje de la señorita Russell?

El rostro de Grindle estaba marcado por el cansancio, y se pasó una mano por el cabello mientras miraba a Redmond.

—Sí, Su Alteza. Los mozos han traído a los caballos y al cochero. Fue como ella me lo dijo. El carruaje se ha volcado y el cochero ha resultado gravemente herido. Una pierna rota, por lo que he podido ver.

—Llama al médico. Ellos pueden quedarse aquí el tiempo que sea necesario. Te doy permiso para que atiendas las necesidades del conductor. Y la señorita Russell también deberá ser atendida cuando llegue el médico. Haz que él arregle primero la pierna del hombre y que luego venga directamente a mi habitación.

Grindle asintió, con el cansancio grabado en sus facciones.

—Sí, por supuesto, Su Alteza.

—Una última cosa, Grindle.

Su mayordomo esperó con expectación.

—Tú y el resto del personal deben ir a la cama una vez que todo esto esté resuelto. No hay necesidad de levantarse temprano por la mañana. Dormid unas horas más. Todos vosotros debéis estar exhaustos por los acontecimientos de esta noche.

Los hombros de Grindle se relajaron, y le ofreció a su amo una sonrisa genuina.

—Gracias, Su Alteza. Se lo agradeceríamos.

El mayordomo volvió a bajar las escaleras y Redmond se paseó por el pasillo, con sus botas rozando las caras alfombras orientales, mientras se debatía sobre la mejor manera de proceder.

Cuando ya no pudo aplazarlo más, regresó a su alcoba y se sentó en el borde de su cama para examinar de nuevo a la chica. El láudano y el alcohol habían obrado su magia, y estaba profundamente dormida, sin que el dolor estropeara sus hermosas facciones. Ella no era lo que se diría una belleza clásica, pero a él le resultaba agradable mirarla, la suave curva de su mejilla, sus pestañas de oro oscuro y su cabello rubio mojado, el cual parecía cuerdas líquidas de oro bruñido en donde éste se le pegaba a la cara y a los hombros. Él alargó una mano trémula para tocarle la frente. Ella aún estaba húmeda y ligeramente fría. Frunció el ceño al ver la ropa mojada que ella llevaba puesta. La chica necesitaba que le pusieran algo mucho más abrigador, pero a él no le correspondía hacerlo. Sabía que se estaba tentando a sí mismo al ponerla en su habitación, pero, al parecer, no podía aceptar la idea de enviarla a una de las otras docenas de habitaciones. Eso se sentía... mal.

Redmond tiró de la cuerda de la campana. Cuando su ayuda de cámara llegó, Timothy, Redmond lo mandó a buscar a una de las criadas.

Maisie, una alegre muchacha escocesa recién contratada como criada, llegó unos minutos después.

—¿Me ha mandado llamar, Su Alteza? —estaba indecisa, como lo estaría una criada cuando se la llamaba a la habitación del amo después de medianoche, especialmente dada su reputación. Pero su personal no tenía nada que temer.

—Tranquila, Maisie. Necesito tu ayuda. Por aquí —la condujo a la habitación y señaló a Harriet—. Ella es mi invitada, la señorita Russell. Tenemos que quitarle la ropa mojada. Han llamado al médico, pero hasta que él llegue, necesitamos que ella esté seca y abrigada. ¿Tenemos alguno de los camisones de mi difunta esposa?

—Sí, lo tenemos, Su Alteza.

—Bien. Trae uno de inmediato.

Maisie se apresuró a buscar un camisón mientras Redmond comenzaba a desvestir cuidadosamente a Harriet, empezando por sus botas. Sus pies eran pequeños, delicados y, al desatar las botas, él se maravilló de su figura. Ella era delgada, como él había notado, pero no carecía de curvas. Una figura bonita, incluso cuando ella no estaba amenazando con cortarle el cuello. Redmond no pudo resistir una sonrisa mientras dejaba las botas en el suelo y empezaba a bajarle las medias. Se alegró de que ella no estuviera despierta y en condiciones de arrancarle los ojos. Colgó las medias en la silla más cercana junto al fuego para que se secaran.

Maisie regresó y entre los dos pudieron quitarle el sencillo vestido de muselina, y luego él le dio la espalda mientras Maisie retiraba el corsé, terminaba de desvestir a Harriet y la ayudaba a ponerse el diáfano camisón.

—Ya está caliente y seca —anunció Maisie con satisfacción, y Redmond se volvió para verla.

Esperaba sentirse inquieto al ver a otra mujer vistiendo

un camisón que había comprado para Millicent, pero en realidad no sintió... nada. Al menos, nada que le convirtiera el corazón en piedra. Más bien, estaba extrañamente contento. Sí, *ésa* era la palabra. En los últimos siete años desde la muerte de Millicent, él se había sentido descontento. El castillo vacío, la sensación de algo que no se había hecho, o que tal vez se había dejado atrás, lo atormentaban constantemente. Pero al mirar a la diablilla en su cama, se sintió extrañamente tranquilo.

—¿Puedo hacer algo más, Su Alteza?

—No, esta noche no. Gracias, Maisie —él esperó a que la criada se marchara antes de apartar las mantas de su cama y, con una ternura que le sorprendió incluso a sí mismo, arropó a Harriet bajo las mantas y se sentó junto al fuego a esperar al doctor.

Pasó casi una hora antes de que llamaran a su puerta. Grindle le había traído al doctor.

—Su Alteza, él es el doctor Axel.

El doctor era un hombre joven con una gran inteligencia en sus ojos que provenía de estar íntimamente familiarizado con la enfermedad y la muerte.

—Su Alteza.

—Gracias por venir, doctor. Como estoy seguro de que el señor Grindle le informó, estamos acogiendo a un par de viajeros de la tormenta.

—Sí, acabo de ver al conductor del carruaje. Ha sido una fractura limpia, y su pierna ha sido fácil de colocar.

—Me alegra escuchar eso.

Los ojos del doctor se desviaron hacia la cama y sus cejas se alzaron, pero no hizo otro comentario más que:

—Ahora, ¿qué le aflige a la joven?

—No estoy del todo seguro. Sangra un poco por una pequeña herida en la cabeza y le duele el hombro derecho. Le he dado láudano para relajarla. De momento, ella está inconsciente.

El doctor Axel dejó su maletín de cuero negro a los pies de la cama y retiró las mantas. Apoyó la cabeza en el pecho de Harriet y cerró los ojos.

—El ritmo cardíaco es constante —murmuró para sí mismo. Luego miró a Redmond y a Grindle—. Necesito examinarle el hombro. Hay que bajarle un poco el vestido.

Redmond se unió al médico y desabrochó las cintas de seda del cuello del vestido, con manos temblorosas. Luego dio un paso atrás y miró al médico en lugar de a Harriet cuando éste le descubrió el hombro derecho.

—Ah... Está dislocado. Pero puedo reajustarlo —levantó el brazo de Harriet con una serie de movimientos lentos y luego lo volvió a colocar en su sitio. El sonido hizo que a Redmond se le revolviera el estómago. Ahora estaba agradecido por haber drogado a la pobre mujer. Luego el doctor Axel le arregló el camisón y le examinó la frente, donde le aplicó ungüento en una herida—. Ella debería tener esto —le pasó a Redmond un pequeño frasco de cristal azul—. Al menos una vez al día en la herida. El hombro necesitará cuidados. Debería estar sensible. Use más láudano si ella sigue teniendo dolor, pero en pequeñas dosis y solo cuando sea absolutamente necesario. No hay necesidad de crear un hábito con él.

—Entendido —Redmond aceptó el ungüento y cogió una botella extra de láudano cuando el médico se la ofreció.

—Si ella o el conductor empeoran, no dude en llamarme.

—Gracias, doctor. Grindle lo acompañará a la puerta.

Redmond volvió a centrarse en Harriet cuando se volvió a quedar a solas con ella. Ella se movió brevemente y murmuró fragmentos incompletos de frases que le desgarraron el corazón. ¿Qué había sufrido ella que la había dejado sola y asustada del contacto de un hombre? Una mujer soltera de su edad no debería haber estado sin una chaperona. Algo terrible le había ocurrido a ella, y él averiguaría qué era.

—¿Quién eres, Harriet? ¿Qué te asusta? —él acercó su mano para tocarle la cara y se detuvo. Tras un momento de indecisión, le rozó la pálida mejilla con sus nudillos y se acomodó en su silla junto al fuego a esperar a que pasara la larga noche con las sombras siendo su única compañía.

—*Harriet...* —la voz de una mujer atrajo a Harriet en la silenciosa oscuridad del sueño profundo, arrastrándola a un sueño despierto. Harriet se movió en la gran cama, desconcertada por la extrañeza de eso. Esta no era su cama, no era en la que había dormido en la mansión Thursley durante los últimos seis años. Esa cama había sido un mueble pequeño con sábanas sencillas y una colcha descolorida de un tono azul pálido. Esta era una cama alta con dosel, de madera oscura y cortinas de damasco rojo. Era una cama verdaderamente bella, incluso seductora. ¿Cómo había llegado hasta aquí?

La luz de la chimenea proyectaba sombras sobre la habitación, iluminando la figura recostada en una de las sillas. El hombre dormía, sus piernas largas y musculosas estaban estiradas y su brazo relajado sobre el reposabrazos.

—*Harriet...* —volvió a llamar la voz femenina, y el crepitar del fuego pareció ralentizarse. Un rayo de luz de luna se desprendió de los gruesos rayos lechosos que entraban por las ventanas.

Harriet parpadeó, asombrada, mientras el rayo de luz de luna parecía acumularse en sí mismo como polvo de estrellas y se convertía en algo que ella reconocía. Una esbelta silueta femenina.

—*Harriet...* —las sílabas de su nombre se arrastraron en un ferviente murmullo mientras la figura levantaba una mano y señalaba al hombre dormido en la silla. El rostro de la figura lucía tan melancólico, tan lleno de tristeza, que a Harriet se le cerró la garganta y ahogó un sollozo.

—Espera —susurró, pero el fantasma ya se estaba desvaneciéndose, fundiéndose en un tapiz de una pareja de ciervos en el bosque.

Harriet parpadeó de nuevo y se dio cuenta de que el crepitar del fuego había vuelto a la normalidad y la lluvia golpeaba las ventanas. Se recostó de nuevo contra las almohadas de la cama. Su mente, tan clara hacía unos momentos, ahora volvía a luchar contra el sueño. Mientras cerraba los ojos, se hundía en las mantas e inhalaba el aroma oscuro y masculino de las sábanas, juró que escuchó una última llamada lejana.

—*Harriet...*

———

Redmond se despertó bruscamente al escuchar un grito suave. Se inclinó hacia adelante y vio que Harriet estaba retorcida en su cama, con el rostro iluminado por la luz mortecina del fuego. Lágrimas cubrían sus mejillas, haciendo brillar su piel.

—Señorita Russell —había asumido que estaba despierta, pero no le respondió. Redmond se levantó de la silla y arrojó otro leño al fuego antes de acercarse a la cama. Ella estaba enredada en la ropa de cama, la posición de su cuerpo era claramente incómoda.

—Espera... No te vayas... —el murmullo de Harriet estaba muy lleno de pérdida y dolor, y él se preguntó con quién estaba soñando.

Le secó las lágrimas de la cara con un pañuelo, aturdido por su deseo de ser amable con la extraña que había invadido sus dominios. Desde que Millicent y Thomas habían muerto, él había exigido soledad, una casa tranquila para él solo, para poder enterrarse en el arrepentimiento y la culpa. No era menos de lo que él se merecía.

De repente, se le erizó el vello del cuello y sintió la leve caricia de algo sobre su piel, como las frías puntas de unos dedos. Él lo sintió, sintió la presencia que a menudo llegaba a acecharlo justo después de medianoche. Su abuela la habría llamado la hora del lobo, en la que los insomnes eran acechados por sus miedos más profundos, cuando los fantasmas y los demonios eran más poderosos. Miró a su alrededor como siempre lo hacía, pero no vio nada.

—Ella no pertenece aquí, no conmigo —habló en voz baja a la habitación, sin saber por qué tenía que hablar en lo absoluto, o qué cosa de otro mundo podría estar merodeando en las sombras.

Harriet le cogió la mano, la cual había rozado su mejilla.

—Por favor, no te vayas —murmuró ella, con los ojos aún cerrados—. Por favor... tengo mucho frío.

Redmond jadeó al tropezar y caer sobre la cama. Él habría jurado que sintió como si alguien lo hubiera empujado. Pero era una locura pensar tal cosa, ¿no?

Harriet se acercó más hacia él y, antes de que Redmond pudiera liberarse, se encontró abrazando a Harriet. Él podría haberle hecho lo que quisiera, ella estaba tan indefensa, todavía bajo el efecto hipnótico del láudano. Pero no era un monstruo, al menos no el monstruo que pretendía ser, de ninguna forma. Fuera cual fuera la crueldad que ella había soportado en otros lugares, él no la perpetuaría aquí.

Volvió a enrollar la colcha alrededor de sus cuerpos, sin importarle que aún estuviera completamente vestido. Él había dormido muchas noches en peores condiciones en los últimos siete años, y tal vez eso la ayudaría a asegurarse de que él no se había aprovechado de su estado vulnerable si ella recuperaba el sentido demasiado pronto. Cerró los ojos, preguntándose cómo la hija de Edward Russell había acabado aquí, en sus brazos.

Redmond había sido alumno de Russell hacía más de una década, justo después de abandonar Cambridge. Había sentido un vínculo con el maestro de esgrima, como el que tendría con un hermano mayor. El hombre había sido honorable, divertido y de corazón abierto. Enterarse de su muerte esta noche había conmocionado a Redmond, pero había estado tan enfadado por tener a una joven aquí molestándolo que no había procesado el hecho de que Edward Russell estaba muerto.

Y ahora aquí estaba, sosteniendo a la hija del hombre, una hija que estaba sola y era tentadora. Ella también tenía la joven edad que su difunta esposa. El dolor se apoderó de su corazón y él cerró aún más los ojos, esperando dormirse pronto porque no iba a llorar por el pasado.

No otra vez.

George Halifax sonrió con suficiencia mientras abandonaba la cabecera de la cama de su esposa, quien ahora yacía fría y sin vida. Se había quedado dormido hasta tarde después de cenar y, al regresar a la cama de Emmeline, ella ya había exhalado su último suspiro. Ya había tardado bastante en morir. Ahora, él tenía vía libre para conseguir lo que quería, lo que había ansiado durante tantos años. Bajó hasta la habitación en la que sus hombres habían llevado a Harriet y su sonrisa se ensanchó al ver la puerta cerrada. Ella estaba dentro, esperándolo, esperando para satisfacer sus necesidades. Si ella se resistía, como él esperaba que lo hiciera, llamaría a sus hombres para que lo ayudaran a someterla. Ella siempre había sido una criatura muy obstinada, sin duda porque había perdido el tiempo aprendiendo el arte de la esgrima cuando debería haber estado practicando bordado o alguna otra actividad frívola. Pero eso la había convertido en una criatura feroz con la que se deleitaría acostándose y destrozando hasta moldearla a su antojo.

Él sacó la pesada llave de latón de su bolsillo y la introdujo en la cerradura. Abrió la puerta con el corazón palpitando de excitación, anticipando la persecución. Esperó a que su mascota enjaulada se abalanzara sobre él con furia, pero no hubo movimiento en la oscura habitación.

—¿Harriet? —murmuró él—. Tu querida madre ha fallecido, y tu padre ha venido a consolarte.

Más silencio. Él entró en la habitación y cogió una lámpara, encendiéndola con un par de objetos que encontró en la mesa auxiliar. Agitó la lámpara por la habitación, proyectando su luz por todos los rincones, mientras una rabia negra se acumulaba en su interior. La habitación estaba vacía. La ventana estaba abierta y un camino de sábanas anudadas caía hasta el jardín, un piso más abajo. Su preciosa pajarita había salido volando. Cuando la atrapara, ella se arrepentiría de haber escapado de él.

Cinco

Cuando Harriet despertó, la cálida luz del sol iluminaba la lujosa habitación en la que se encontraba. Parpadeó confundida, esperando ver la pálida luz del sol empañando las ventanas de cristal de una habitación de la mansión Thursley, pero se encontraba en la misma habitación que había soñado.

No era un sueño...

Ella se movió en la cama y gimió cuando todos sus músculos protestaron. Hizo un gesto de dolor y se llevó una mano a la cabeza cuando le vinieron a la mente los recuerdos de la noche anterior.

Ella había huido de Thursley mientras su madre agonizaba. El carruaje se había volcado durante una terrible tormenta. Había luchado contra el Diablo de Dover con un florete de esgrima... ¿y ganado? Sí, pero entonces los recuerdos se volvieron más borrosos, como una gruesa lana cubriendo una ventana a través de la cual ella deseaba desesperadamente ver. Recordó la cena, y su hombro dolorido, y luego... jadeó.

Lord Frostmore la había drogado y ahora, ella estaba en una habitación. Levantó las mantas y descubrió que llevaba puesto un camisón de fina calidad. Nunca antes había tocado algo así, y mucho menos lo había llevado puesto. Con manos temblorosas, ella se subió el camisón, pero no vio moratones ni sangre en sus muslos. ¿Él no había obtenido placer mientras yacía indefensa?

La puerta de la habitación se abrió y una hermosa joven de cabello oscuro y ojos castaños claros entró. Tarareaba para sí misma, pero se detuvo cuando vio que Harriet estaba despierta. Bajó la mirada hacia bandeja que sostenía y la levantó ligeramente mientras miraba a Harriet.

—Buenos días, señorita, me llamo Maisie. Voy a atenderla como su dama de compañía durante su estancia aquí. Su Alteza ha pensado que usted podría tener hambre. ¿Puedo pasar?

Harriet asintió en silencio, y la muchacha entró para colocar la bandeja sobre la cama. Pan tostado, un tarro de mermelada, un huevo duro y algunos melocotones estaban colocados sobre una vajilla de porcelana con dibujos en blanco y azul pálido. Un pequeño jarrón de crisantemos llenaba el aire con su dulce perfume floral. El duque debía de tener un invernadero en alguna parte de los jardines.

Hacía demasiado frío para que algo creciera en el exterior en esta época del año.

—¿Té o café?

—Eh... té, gracias.

—Un poco de orange pekoe, ¿de acuerdo? —el rítmico acento escocés de Maisie era brillante y alegre. Eso consiguió tranquilizar un poco a Harriet.

—¿Orange pekoe? Nunca he oído hablar de él.

—Es de Dinamarca.

—¿Tiene sabor a naranjas? —preguntó Harriet mientras la criada empezaba a preparar una taza.

—Su Alteza dice que no es un sabor, sino una referencia a la noble casa de Orange-Nassau, la cual trajo el té a Europa hace cien años. Él dice que el pekoe es el brote superior de la planta del té —la criada le tendió una taza de té caliente, y el aroma era divino.

—¿Y cómo has llegado a saber tanto sobre él?

Maisie soltó una risita.

—A menudo fastidio a Su Alteza, cuando está de humor para hablar. Él sabe bastante acerca de muchas cosas. Ha viajado por todo el continente, incluso hasta Baviera.

—¿Oh? —Harriet se encontró a sí misma deseando saber más sobre él, pero le tenía miedo, y el hecho de que no podía recordar todo lo que había ocurrido la noche anterior entre ellos, no hacía más que reforzar esas preocupaciones.

—Él es... —la criada hizo una pausa mientras recogía del suelo el vestido de muselina cubierto de barro de Harriet—.

Bueno, es bastante amable y erudito, cuando no está de mal humor —Maisie miró pensativa la ropa que tenía en los brazos—. Oh, vaya. No puede volver a ponerse esto. Está demasiado roto para repararlo, no con mis pobres habilidades de costura. Veré qué puedo encontrar para usted.

—Oh, por favor, no quiero ser una molestia, y realmente debo irme, en todo caso. ¿El señor Grindle ha encontrado a mi cochero, el señor Johnson? Él estaba herido cuando yo llegué aquí anoche.

—Oh, sí. Un par de nuestros mozos lo han encontrado. El señor Johnson tiene la pierna rota, pero el doctor Axel se la ha curado, y su hombre está descansando en el cuarto de servicio. ¿El mozo que lo encontró dijo por casualidad que usted no tenía equipaje? —preguntó Maisie.

—Sí, yo no tenía —Harriet se recostó contra las almohadas, sintiéndose de pronto muy cansada de nuevo.

—No se preocupe entonces, señorita. Como le he dicho, encontraré algo para que se ponga. Ahora coma y duerma —la criada se volvió para marcharse.

—Pero...

Maisie se detuvo y miró por encima de su hombro.

—¿Sí, señorita?

—El duque... ¿Él...? —se sonrojó y bajó la mirada hacia las sábanas, las cuales estrujaba con tanta fuerza que sus nudillos se pusieron blancos.

—¿Él ha hecho qué, señorita? —preguntó Maisie, ahora con un tono más suave.

—No recuerdo mucho de lo que pasó después de la cena. Él me dio algo... láudano, creo.

—Sí, lo hizo. Su hombro estaba muy mal, y Su Alteza dijo que usted estaba a punto de ponerse histérica. Hizo que la cocinera pusiera un poco en el vino y él la trajo hasta aquí. El médico le atendió el hombro y le curó sus cortes. Yo misma la cambié de ropa —Maisie le dirigió una significativa mirada de tranquilidad.

—¿Entonces él no...? —aún no podía expresar sus temores.

—No, señorita. Él no es así. Él es... —vaciló Maisie.

—¿Él es qué?

—No me corresponde decirlo, señorita.

—Por favor, dímelo. Seguro que tú conoces su reputación.

—Bueno, esa es la cosa, señorita. Él ladra más que de lo que muerde. Lo hirieron una vez, hace mucho tiempo, y ya no deja que nadie se le acerque demasiado. Pero es un buen hombre, una vez que consigues que él confíe en ti. Al menos, ésa ha sido mi experiencia.

Harriet observó cómo la criada recogía sus medias mojadas del respaldo de una silla y su expresión pensativa se iluminaba un poco cuando volvió a mirar a Harriet.

—Tire de la cuerda de la campana junto a la cama si necesita algo. Yo volveré con ropa en cuanto encuentre algo que le siente bien.

—Gracias, Maisie.

—De nada, señorita.

Después de que la criada se marchó, Harriet recuperó el apetito, comió su desayuno y bebió dos tazas de té orange pekoe. Luego se recostó en la cama, dormitando, y se concentró en la luz del sol que se deslizaba por la habitación.

Su mirada se posó en los tapices de colores radiantes del bosque y en los ciervos que había en ellos. ¿Ella había soñado realmente con una figura de plata lustrosa que se introducía en ellos y luego se evaporaba como un estanque de niebla errante? Ella recordaba con claridad a la figura levantando una mano para señalar a un hombre dormido en la silla junto al fuego. Tenía que haber sido el duque, y las llamas abrasadoras habían iluminado su figura masculina hasta convertirla en una silueta negra e inquietante, la cual le robó el aliento. ¿De verdad la había visitado un espíritu anoche? Y si lo había hecho, ¿qué era lo que quería? ¿Qué era lo que intentaba decirle al señalar al duque mientras él dormía?

El cansancio se apoderó de sus extremidades y la arrastró de nuevo a la cama, pero el miedo y la inquietud de la noche anterior se desvanecían rápidamente, y ya no temía quedarse dormida.

Harriet se recostó con cuidado sobre el costado izquierdo y cerró los ojos. Cuando despertó, debieron haber pasado varias horas. Una neblina de luz solar veteada iluminaba los tapices boscosos como si se tratara de un bosque real donde los ciervos podían alzar con facilidad sus largas y elegantes extremidades, saliendo limpiamente del mundo de hilos cosidos a su alrededor. La magia de la habitación —con el aroma añadido de alguien, muy probablemente del duque —, persistía con fuerza aquí. ¿Habría venido a verla mientras dormía? La idea la inquietó, pero había muy poco miedo ante ese pensamiento. Maisie tenía razón, él era como su intimidante perro negro, Diablo. Ladraba pero no mordía.

Ella se incorporó, apartó las mantas y salió de la cama. Las piedras que estaban debajo de sus pies se sentían frías, pero no tan frías como ella esperaba. Se acercó a la chimenea y añadió unos leños, a pesar de que aún le dolía el hombro, pero el dolor era mucho más llevadero. Estudió en un espejo el corte en su frente y se lavó la cara en la palangana de porcelana blanca. El agua fría le sentó bien y la despertó un poco. El cansancio seguía atormentándola, pero le alegró seguir moviéndose, estirando las piernas y recuperando parte de su movilidad. Maisie regresó y la encontró practicando algunas posiciones de esgrima, unas que podía ejecutar sin necesidad de su brazo derecho.

—¿Señorita? —Maisie inclinó la cabeza—. ¿Se encuentra bien? No estoy segura de que deba estar fuera de la cama.

—Sí, estoy bastante bien. Necesitaba moverme o si no me pondría rígida —Harriet volvió a la cama. Maisie le llevó una gran caja blanca y la colocó frente a ella.

—He encontrado esto en el desván. Ha estado guardado

allí y nunca ha sido usado, hasta donde yo sé —abrió la caja y sacó un hermoso vestido.

—Oh... Es precioso. No podría ponérmelo —protestó Harriet.

—Tonterías. Le quedará muy bien, señorita. Le he secado las medias y le he preparado una camisola limpia.

Maisie la ayudó a quitarse el camisón y Harriet se vistió con ropa interior limpia antes de que Maisie la ayudara a ponerse el vestido. Este era de seda verde, y tenía una bata abierta con una enagua a juego de seda blanca. Era lo que su madre habría llamado un vestido "gabán".

El cuello doblado hacia abajo y las solapas estampadas le daban el aspecto de un abrigo militar masculino, pero con una elegancia femenina. Harriet echó un vistazo a las faldas exteriores y vio que los extremos de las piezas laterales se habían cosido por detrás, lo que daba la ilusión de piezas adicionales de la misma forma ligeramente masculina, como si llevara puesto un abrigo militar de cuerpo entero. Pero el vestido no tenía ningún estilo masculino. La seda verde brillante y crema evocaba los colores del césped y las nubes de verano. El dobladillo y el corpiño estaban bordados con diminutas flores rosas, como si Harriet hubiera corrido por un campo de flores silvestres y hubiera rodado hasta cubrirse con ellas.

Maisie pasó las palmas de las manos por las faldas e hizo un gesto de aprobación.

—Todo un encanto.

—Sigo pensando que no debería usar esto —quienquiera que hubiera sido la dueña de este vestido, se lo merecía más que ella.

—Tenemos una montaña de ropa que aún está en cajas y sin usar. La duquesa...

—¿Esta es la ropa de la *duquesa*? —Harriet intentó quitarse el vestido. Maisie le apartó las manos.

—Su Alteza los encargó como regalo de bodas, pero a ella no le gustaban mucho.

—Pero... son preciosos —Harriet se sentía como una reina en el vestido.

—Sí, lo son. Su Alteza simplemente tenía gustos diferentes. Usted tiene casi la misma talla que ella en busto y caderas, aunque ella era un poco más alta. Puedo confeccionarle los vestidos no usados a la medida si lo desea. Tengo habilidad suficiente para eso.

Harriet se mordió el labio y se miró en el espejo.

—¿No le disgustará verme con esto puesto?

—No lo creo —admitió Maisie con sinceridad—. Él encargó los vestidos, pero cuando ella eligió los suyos en su lugar, él se puso triste. Puede que le haga bien ver que los lleva una mujer encantadora —la mirada de Maisie se dirigió a su cabello—. ¿Le hago un mejor peinado?

—Oh, ¿podrías? No me lo he arreglado en años. No me permitían tener una criada en Thursley.

Los ojos de Maisie se abrieron de par en par.

—¿Thursley? Eso está en Faversham, ¿no?

—Sí, pero por favor no hables de ello con nadie. Debo insistir.

La expresión de la criada se volvió pensativa y se mordió el labio.

—¿Está metida en algún problema, señorita? Estoy segura de que Su Alteza la protegería si así fuera.

—Eso es... estoy segura de que él no lo haría —aprovechó la oportunidad para confiar en Maisie—. Mi padre murió cuando yo era joven, y mi madre se casó con un hombre terrible. Ese hombre me está persiguiendo ahora, probablemente en este mismo instante. Él es un conocido de Lord Frostmore. No quiero que el duque descubra que alberga a una fugitiva de alguien a quien considera un amigo. Puede que él decida entregarme a mi padrastro.

La criada pasó un cepillo por el cabello de Harriet y guardó silencio un largo momento.

—¿Cómo se llama su padrastro?

—George Halifax —Harriet casi temía pronunciarlo en voz alta para no invocarlo como a un demonio.

—Puedo decir con toda honestidad que no hemos tenido a nadie con ese nombre de visita por aquí. Su Alteza rara vez va a la ciudad. Y estamos lejos de Faversham. Por supuesto, solo he trabajado aquí un par de meses. Puede que me equivoque, pero ¿es posible que su padrastro le haya mentido a usted?

Harriet quería creerle, pero tenía miedo. Si estaba equivocada, George podría alcanzarla y... Se estremeció e intentó no pensar en lo que él haría.

—Es posible, pero no quiero arriesgarme.

—Entonces guardaré silencio, señorita.

—Gracias, Maisie —las dos compartieron una sonrisa.

—Vamos. El ama de llaves, la señora Breland, querrá enseñarle la casa. Le dije que iría a buscarla cuando usted estuviera vestida.

—¿La señora Breland? No la conocí anoche.

—La mayoría de nosotros estábamos en la cama cuando usted llegó —Maisie soltó una risita—. Ella se enojó con el señor Grindle esta mañana por no despertarla, pero si usted me pregunta, él la dejó dormir porque ella le gusta.

—¿Le gusta? ¿Ella es encantadora? —preguntó Harriet.

—Lo es, pero intenta hacerse la severa. Pero cuando cree que no la vigilan, ella sonríe e ilumina la habitación.

Siguieron cotilleando acerca el personal mientras Maisie la acompañaba escaleras abajo hasta el gran salón de la planta baja. Una mujer alta, con cabello castaño y mechones de plata, estaba ocupada dando órdenes a un par de lacayos. Ella se giró al verlas acercarse y les ofreció una sonrisa educada pero reservada.

—¿Señorita Russell?

Harriet estuvo a punto de hacer una reverencia ante la regia belleza del ama de llaves. Llevaba puesto un vestido negro de seda fina, de corte sencillo pero elegante.

—Sí, soy yo.

—Soy la señora Breland. Lamento no haber podido atenderla anoche cuando llegó. Confío en que usted se encuentre mejor esta mañana.

—Lo estoy, gracias. Maisie ha sido maravillosa cuidándome.

—Maisie es una buena chica, aunque espero que ella no te haya hablado hasta por los codos —la señora Breland saludó con la cabeza a la criada, quien sonrió alentadoramente a Harriet antes de dejarla a solas con el ama de llaves—. Ahora te daré un rápido recorrido por la casa para que no te pierdas. Por la noche los pasillos pueden parecer iguales y es muy fácil perderse.

Durante la siguiente hora, Harriet siguió a la señora Breland y se familiarizó con la vieja casa solariega con su progresión de habitaciones señoriales. Había un gran salón, que en otro tiempo había sido el brindis de los reyes, según las palabras del ama de llaves. Ahora, era una sala llena de bustos de mármol y esculturas. Las vigas de madera de las paredes habían sido retiradas hacía veinte años y sustituidas por columnas dóricas de piedra acanalada que reflejaban un estilo renacentista puramente italiano.

Harriet nunca había visto una casa tan grande; hacía ver más pequeña a Thursley Manor. Parecía haber una magia instalada en las piedras, a veces una magia oscura y aterradora en las sombras de algunas habitaciones. Pero otras veces, cuando la luz del sol entraba por las ventanas altas, pintaba de colores brillantes las paredes cubiertas con empapelado de seda de damasco o tapices de intrincado tejido, creando un encanto ligero y alegre. En esos momentos, ella sentía que el amor ardía en su interior, casi de forma abrumadora. Esta casa había visto muchas cosas a lo largo de los siglos. Desamor y amor cegador a partes iguales.

A Harriet se le estrujó el corazón cuando la señora Breland la condujo a una galería de retratos. En la entrada había una alta armadura. El metal estaba pulido hasta el brillo, pero en su superficie se apreciaban muescas y arañazos. Quienquiera que hubiera llevado esta armadura, había combatido. Había experimentado el filo de una espada. Ella miró casco y juró que podía sentir la severa mirada de un fantasma medieval que la observaba. Pero la armadura no dijo nada. Era un guardián mudo e incondicional de la galería de retratos que había más allá.

La señora Breland señaló hacia enorme pasillo.

—Esta es la larga galería.

Unas cortinas rojas y vaporosas atrapaban la luz para evitar que el sol decolorara los abundantes óleos que cubrían las paredes. Harriet se esforzó por ver todas y cada una de las obras. En el centro de la sala, colgaban tres retratos muy juntos. Había un hombre en el centro, flanqueado por otro hombre a la izquierda y una mujer a la derecha.

—Un buen parecido, creo —musitó la señora Breland junto a Harriet.

—¿El hombre del centro es el duque? —ella sabía que lo era; sus ojos y la llama roja de su cabello eran inconfundibles. Él permanecía de pie con una tranquila intensidad, posando para el artista sin ostentación ni fastuosidad. Los ojos de Harriet se desviaron hacia el otro hombre. Era hermoso, sus rasgos perfectos en todos los sentidos, y en su boca había un destello de humor que lo hizo simpático al instante—. ¿Quién es él?

—Es Thomas, el hermano menor de Su Alteza. Murió hace siete años.

Harriet deseaba desesperadamente preguntar cómo, pero no se atrevía a molestar a la señora Breland.

—Y la que está a su lado es la difunta Duquesa de Frostmore.

Harriet se fijó en la bonita mujer de rasgos agraciados y cabello oscuro. Un cosquilleo premonitorio la recorrió de manera impredecible. No le cabía duda de que se trataba de la mujer con la que ella había soñado.

—Señora Breland, ¿cómo murió ella? —Harriet lamentó la pregunta en el instante en que la formuló.

—Fue un terrible accidente cerca de los acantilados. Ella cayó. Su Alteza y su hermano casi mueren también.

—¿Su Alteza estaba presente cuando ella murió?

—Sí —el tono brusco de la señora Breland advirtió a Harriet que no tendría más suerte a la hora de obtener respuestas acerca el tema. La señora Breland le enseñó el resto de la casa, incluida la biblioteca. Después de eso, el ama de llaves la dejó sola.

Harriet pisaba suavemente las alfombras de los pasillos

mientras regresaba al gran salón, donde encontró al duque enfrascado en un juego de tirar de la cuerda con su schnauzer gigante. Diablo gruñía y tiraba con fuerza de una gran cuerda anudada. Diablo movía la cabeza de un lado a otro, intentando arrancar la cuerda de las manos su amo, pero no tuvo éxito.

—Vamos, muchacho. No te dejaré ganar tan fácilmente —la risa del duque era profunda y sincera, no la risa fría que ella recordaba de la noche anterior. Harriet permaneció en las sombras al final de la escalera, sin querer importunar la feliz escena. Finalmente, Lord Frostmore soltó la cuerda y Diablo se marchó trotando a otra habitación con su premio. Harriet optó por bajar en ese momento. Lord Frostmore estaba de espaldas a ella, pero le habló cuando llegó al último escalón—. Confío en que haya dormido bien, señorita Russell —su tono era suave, cargado de una ligera sensualidad que la hizo pensar en camas y actividades no relacionadas con dormir. Se quedó paralizada. No había hecho ningún ruido en los escalones, pero aun así, él la había percibido.

—He dormido bastante bien, pero aún me duele la cabeza. Sin duda es un regalo de despedida del láudano que me diste —respondió con frialdad cuando se volvió hacia ella. Él no llevaba abrigo, solo un pantalón beige, una camisa blanca y un chaleco plateado. Al verlo vestido así, con más libertad de movimiento, se le revolvió el estómago de los nervios. Durante un largo instante, su mirada la recorrió y ella se preguntó qué estaría pensando al verla con el viejo vestido de su esposa. Pero su mirada contemplativa no reveló nada de sus pensamientos.

—Solo te di un poco de láudano. No le desearía tu dolor a nadie, y tú tenías un dolor terrible.

—Podrías haberme preguntado —argumentó ella.

—Tienes mis más sinceras disculpas, pero no habrías confiado en mí. Luchamos solo unos minutos antes.

Harriet se puso rígida cuando él se acercó a ella.

—Porque tú amenazaste con violarme.

—Mi soledad había sido perturbada, y estaba enfadado. Yo nunca te habría hecho daño —se acercó hasta que ella quedó a la altura de sus hombros.

—¿Y cómo iba yo a saberlo?

Él se encogió de hombros.

—No podías saberlo, no con mi reputación y el clima tan melodramático para aumentar tu desconfianza. De ahí mi forma de actuar. Por aterrador que te pareciera en ese momento, te aseguro que mi intención solo era ayudarte —sus ojos color topacio buscaban algo en su rostro; ella no estaba segura de qué, pero la hacían sentir pequeña y femenina de un modo que la excitaba.

Ahora, no podía negar la atracción que sentía por él. Él carecía de la delicadeza que podría poseer un dandi londinense, ni tenía la belleza angelical de su hermano. Pero había una pureza cruda e intachable en su aspecto que lo hacía físicamente admirable. Con su cabello rojo y sus orgullosos rasgos aristócratas, el hombre era hermoso a su manera.

Él se llevó las manos a la espalda.

—Eres bienvenida a quedarte un tiempo. He decidido que ha sido bueno para mi personal tener a alguien más de quien ocuparse.

—Pero no puedo. Debo partir hacia Calais.

Lord Frostmore apoyó una palma en la barandilla junto a ella. Su corazón dio un vuelco salvaje y se le secó la boca cuando se inclinó hacia ella. Un extraño y excitante magnetismo la mantuvo inmóvil mientras él la miraba. Aparte de su padrastro, Harriet nunca antes había sido el centro de atención de un hombre, y descubrió que le gustaba la atención del duque, aunque le diera un poco de miedo.

—¿Qué te espera en Calais?

Ella sintió un cosquilleo en la boca del estómago y no pudo evitar mirarle la boca, sus labios carnosos parecían increíblemente suaves.

—Mi padre tenía familia allí —susurró mientras él recorría su cuerpo con la mirada. El duque la perturbaba de un modo que ella nunca había imaginado, pero aun así, él le provocaba más anhelo que miedo. Semejante atracción era completamente peligrosa, pero ella podía sentirla crecer en su interior.

—Quédate —pronunció la palabra como una mezcla de orden y súplica.

—¿Por qué? Somos extraños, y además hostiles —le recordó ella.

Sus labios se crisparon.

—Tonterías. Yo saludo así a todo el mundo —él se inclinó ligeramente, lo suficiente para que su cuerpo expulsara calor, calentándola de la forma más deliciosa.

—¿Con un duelo de espadas? —ella casi sonrió, maldito sea.

—No, eso era solo para ti. Pero todos los que me visitan experimentan mi falta de encanto y mi desagrado general. Verás, soy un hombre perverso. Un hombre perverso con deseos perversos y un pasado terrible que solo se susurra entre las sombras. Pero estoy seguro de que tú conoces las historias.

—He escuchado... —admitió.

Con sus caras tan cerca, hubo un breve y salvaje momento en el que ella pensó en besarlo, en cómo se había sentido la noche anterior, incluso cuando había tenido miedo de él. ¿Cómo se sentiría besarlo ahora que ya no estaba aterrada?

—Dime, ¿qué dicen los aldeanos de mí estos días? Parece que las historias se están volviendo góticas últimamente.

Su aroma la envolvió mientras él le levantaba la barbilla para que sus ojos se cruzaran. Harriet podía oler cuero y lluvia. ¿Él había salido recientemente?

—Dicen... que has matado a tu hermano y a tu mujer.

Él parpadeó y apartó la mano de su barbilla, desviando la mirada, sus ojos repentinamente distantes.

—Algunos días parece que esa es la verdad.

—¿No lo es? —preguntó ella, e inmediatamente se arrepintió.

—No de la forma que probablemente crees —se apartó y comenzó a marcharse. Harriet lo siguió con la mirada, totalmente desconcertada. No podía dejar que él se marchara sin responder a sus preguntas, pero tampoco podía entrometerse directamente. Decidió seguirlo a una distancia discreta para ver si él le daba más información, pero no lo hizo. Fue solo cuando entró en la biblioteca que habló—. Entre o busque su diversión en otra parte, señorita Russell. No permitiré que me aceche como un gato negro en las sombras.

Un poco molesta, entró en la biblioteca y lo vio recoger unos cuantos volúmenes de tratados políticos y colocarlos en una mesa de lectura cercana, en la que luego se sentó. La luz que entraba por las ventanas iluminaba su cabello como si fueran llamas.

—No lo creía un ávido lector, Lord Frostmore.

Arqueó una ceja cuando ella se acomodó frente a él y le robó el siguiente libro de su trío de volúmenes elegidos.

—Dada la breve duración de nuestro encuentro, podría decir lo mismo de ti —su tono era un tanto divertido y un tanto frustrado. Harriet sospechaba que él no estaba acostumbrado a conversar.

—Bueno, me gusta leer.

—Y practicar esgrima —añadió.

Ella se sonrojó.

—Mi padre solía llevarme a sus clases con los jóvenes lores. Yo aprendí mucho. Mi padre creía que las mujeres debían hacer tanta actividad física como los hombres. Mi madre era muy sana hasta que… —la respiración se le atoró en la garganta y el dolor la desgarró. ¿Cómo había enterrado tan fácilmente los pensamientos sobre su madre?

—¿Qué? ¿Qué pasa? —Frostmore observó con preocupación.

—Yo… —ella se mordió el labio y cerró los ojos. Cuando los abrió, el duque se había levantado de su silla y acercado para arrodillarse a su lado. Le ofreció un pañuelo. Ella lo aceptó, sintiéndose muy tonta por llorar y más tonta aun cuando vio una cabeza de ciervo coronada por rosas de brezo bordada en la tela. El escudo de su familia, sin duda. El Diablo de Dover le había dado su pañuelo personal—. Cuando me fui de casa, mi madre se estaba muriendo. Creo que ya debió haberse ido. Ella ya estaba tan cerca antes de que… yo tuviera que irme. Me las arreglé para no pensar en ello hasta ahora. Y eso me convierte en una hija miserable.

Frostmore la observó, y su mirada se volvió repentinamente cálida. Se acercó a ella y cubrió una de sus manos con la suya.

—Tú estabas herida y enferma. Tu madre no te culparía por ello. Seca tus ojos —ella se secó las lágrimas, respiró entrecortadamente y le devolvió el pañuelo. Él se lo metió en el bolsillo del pantalón—. Dime, ¿por qué te fuiste? —Frostmore se reclinó en el borde de la mesa de lectura junto a ella. Su pregunta la pilló desprevenida, y se sintió tentada a contestar abierta y sinceramente, pero aún no confiaba lo suficiente como para decirle la verdad, al menos no toda.

—¿Conoces a un hombre llamado George Halifax? Es el dueño de Thursley Manor en Faversham —ella contuvo la respiración, esperando a ver si se confirmaban sus temores.

—¿Halifax? —él se lo pensó y luego negó lentamente con la cabeza—. No, no conozco al hombre. Paso poco tiempo en Faversham, y desde las muertes de mi esposa y mi hermano, no he estado allí, excepto quizás una o dos veces al año —su rostro mostraba una sinceridad en la que ella decidió que intentaría confiar. Si él mentía, ella estaba condenada, pero si no... ella podría encontrar un aliado.

—Mi madre se volvió a casar después de la muerte de mi padre. Pero el hombre que eligió era vil. Ese hombre es George Halifax. Cuando ella estaba sana, lo mantuvo alejado de mí, pero cuando ella enfermó él vio su oportunidad, y mi madre me dijo que huyera. Y así lo hice. La dejé sola con él... —en el fondo, Harriet temía que George hubiera apresurado la muerte de su madre.

No estaba segura de lo que esperaba que Lord Frostmore dijera, pero él se limitó a coger el libro que ella estaba a punto de hojear y se lo entregó.

—Hiciste lo que tu madre deseaba. No le fallaste —

luego, él se sentó y volvió a abrir su libro. Después de un largo momento, habló—. Y sí me gusta leer. Es uno de los pocos placeres que me permito.

Harriet nunca había sido demasiado abierta, y parecía que a Lord Frostmore le ocurría lo mismo; sin embargo, ella no se sentía sola sentada aquí con él. Él sabía que ella sentía dolor, tanto en el cuerpo como en su espíritu. Él le había ofrecido consuelo y palabras amables, pero no la había presionado para que volviera a hablar de ello. Era un alivio que no la presionara al respecto.

Ambos leyeron en silencio hasta que las sombras se extendieron por la biblioteca.

—¿De verdad desea que me quede aquí?

Frostmore levantó la mirada de la página.

—Sí. Pronto llegará la Navidad y el Canal estará lleno de icebergs. Tú no quieres hacer el viaje, aunque sea tan corto, con un mal clima. Espera a la primavera.

—Pero solo tengo suficiente dinero para pagar por el viaje y unos días más. Debo encontrar trabajo para pagar el alojamiento y la comida.

El duque juntó los dedos, mirándola en silenciosa contemplación.

—Quédate aquí hasta la primavera. No necesitas pagarme nada.

—Su Alteza, no puedo...

—Oh, ¿qué te preocupa? ¿El escándalo? ¿A quién le importaría? Nadie viene a mis tierras. Nadie sabría que estás aquí. Considera mi casa un refugio privado hasta que estés lista para viajar en primavera.

—¿Puedo tener algo de tiempo para pensarlo? —preguntó ella. Él asintió, se levantó y salió de la habitación. Esta vez ella no lo siguió.

Qué extraño que encontraría refugio con un hombre al que tantos otros temían. Tal vez, él no era tan malo como los demás creían; al menos, eso esperaba ella.

SEIS

Redmond salió a zancadas de la puerta de Frostmore y silbó con fuerza. Diablo saltó a la vista y se unió a él en el exterior mientras un mozo de cuadra acercaba su caballo. La yegua árabe blanca, Winter's Frost, era su favorita. Muchos hombres preferían sementales o caballos castrados, pero no Redmond. Él la había comprado después de enterrar a su esposa y a su hermano, y su espíritu apacible y su excepcional velocidad eran un bálsamo para su alma. Él la cabalgaba durante kilómetros, sobre todo cuando había un buen clima, y eso lo ayudaba a sentir que escapaba de sus penas, aunque solo fuera por un momento.

Mientras él la montaba y cabalgaba por las tierras de su hogar, observó cómo las hojas otoñales pasaban del dorado al marrón quebradizo, señal inequívoca de que el invierno estaba en camino. El viento traía la promesa de nieve, y su presencia hizo que los pensamientos de Redmond se centraran con mayor claridad. ¿De verdad le había pedido a Harriet que se quedara hasta la primavera?

En realidad, él admitía que quería que ella lo hiciera. Era temeraria, atrevida e inflexible, pero no era como las otras mujeres que habían acudido a él. Las que venían a tentarlo para ofrecerle matrimonio. El matrimonio estaba lejos de los pensamientos de Harriet. Ella estaba de luto por su madre, una pérdida tan profunda que sacudió la jaula que él había colocado alrededor de su propio corazón.

Sus lágrimas de hoy habían tirado de él, atrayéndolo hacia ella. Tal vez porque el dolor de ella era auténtico, como el suyo lo había sido siete años atrás. Perder a su mujer y a su hermano había limpiado su corazón de sentimientos y lo había dejado en un abismo oscuro y frío. Ver a Harriet enfrentarse a ese mismo dolor oscuro al darse cuenta de que su madre probablemente se había ido y que ella no había estado allí para ayudarla...

Él sintió un repentino escalofrío en su interior. ¿Cuánto tiempo había pasado desde que no sentía algo, algo de *verdad*? Había bastado con que una diablilla lo atacara con una espada y luego llorara por la muerte de su madre para que todo su dolor, el cual creía haber enterrado desde hacía tiempo, volviera a inundarlo todo.

Un deseo desesperado por ver los acantilados lo impulsó en su dirección. Cuando por fin tiró de las riendas de su yegua, estaba a solo seis metros del borde donde había intentado acabar con su propia vida siete años atrás. Siempre cabalgaba muy cerca; los acantilados lo llamaban, pidiéndole que diera el salto que había prometido entonces. Pero no se bajó de caballo, no hizo nada más que mirar el mar invernal más allá del borde.

Las nubes se arremolinaban y el mar se cubría de olas espumosas. La atracción que sentía hacia el borde, se desvaneció. En su lugar, sintió un hilo invisible atado a la Mansión Frostmore, y un atisbo de esperanza pareció llenarlo con una energía palpitante, como una luz en la orilla que lo guiaba. Diablo ladró repentinamente y empezó a saltar, aunque no había nada a la vista. La yegua de Redmond se movía inquieta de un lado a otro.

—Silencio, Diablo —le ordenó Redmond.

El perro ladró al aire durante unos segundos más y luego se detuvo. Justo entonces, Redmond juró haber visto algo por el rabillo del ojo. Algo que no tenía sentido, algo que no era *posible*. Había visto a Thomas. Y con la misma rapidez, esa sensación de que alguien estaba allí en los acantilados con él, desapareció. Diablo volvió a mostrarse dócil y el caballo se estabilizó.

Redmond clavó sus talones en los costados del caballo y cabalgó de vuelta a la mansión. La estructura como una torre se alzaba orgullosa bajo el cielo nublado, mientras la luz del sol se rendía ante la tormenta invernal que se avecinaba. Las entradas estaban abiertas y él corrió a través de ellas hasta la puerta principal. Un mozo salió a su encuentro para coger las riendas del caballo. Diablo se adelantó a Redmond y entró en la casa.

Cuando Redmond subió los escalones de piedra y entró en su casa, un destello de un suave color crema y verde llamó su atención. Se paralizó al ver cómo su deslumbrante vestido iluminaba su cabello dorado y la pintaba como una ninfa, la cual había escapado del bosque en el que había nacido.

Él había creído alguna vez que Millicent debería haber usado ese vestido, pero ahora se alegraba de que nunca lo hubiera hecho. No podía imaginar a ninguna otra mujer haciéndole justicia, excepto Harriet. Él quiso subir corriendo las escaleras, cogerla por la cintura y enterrar la cara en su cuello, cubriéndole la garganta de besos antes de robarle los labios y...

¿Qué me está pasando? Estaba perdiendo la cabeza, eso era. Su atracción por esta mujer era abrumadora. ¿Quizás simplemente había estado solo demasiado tiempo? O tal vez era algo más, algo que lo asustaba, porque no podía abrir su corazón de nuevo.

—Su Alteza —ella se acercó a él con pasos vacilantes, la ligera cola de su vestido susurraba sobre las piedras del pasillo.

—Señorita Russell —la miró con anhelo.

—Me gustaría quedarme hasta la primavera, si aún desea extenderme la invitación —ella apretó el labio inferior entre sus dientes en un alarde de nerviosismo, y él fue incapaz de resistirse. Ella podría haber pedido mil estrellas y él habría intentado dárselas.

—Sí, eso estaría muy bien. Le diré a Grindle que le pida a la cocinera que sirva la cena en una hora, si así lo deseas.

—Gracias —ella hizo una pausa—. Debería hablar con la señora Breland sobre mudarme a una nueva habitación. Me encuentro mejor y usted debería tener su habitación de regreso —sus mejillas florecieron con un tierno rubor que hizo que el corazón de Redmond se acelerara. Había en ella una inocencia que él sospechaba que siempre permanecería en su interior. Sin embargo, no era ingenua ni tonta como otras que él había conocido. Ella había visto el dolor, había sentido la pérdida, su corazón había sido herido por ambas cosas, pero no se había dejado llevar por la ira, el odio o la desesperación empalagosa como él. Redmond le envidiaba esa fuerza de carácter.

—Muy bien. Dile a la señora Breland que yo recomiendo la Habitación de la Perla.

Algo parecido a la esperanza brilló en los ojos de Harriet.

—¿Podría indicarme el camino? Creo que la señora Breland está hablando con el personal de cocina en este momento, y no me gustaría molestarla. Si no le importa.

Extrañamente, no le importaba. Su instinto debería haber sido huir de ella y de toda esta situación, pero en lugar de eso, él asintió y le tendió el brazo. Ella cogió su brazo y subieron juntos las escaleras. Él recordaba haber acompañado a Millicent así, los dos aún vestidos con su ropa de bodas. Se había sentido tan eufórico, tan feliz de tener una esposa, de tener a alguien que le perteneciera. Sin embargo, los ojos de Millicent se habían tensado y una pizca de preocupación había oscurecido su ceño. Él lo había confundido con los nervios de una novia. Que tonto había sido al no ver su ansiedad como lo que era, al no ver que ella amaba a su hermano.

—¿Qué ocurre, Su Alteza? —la pregunta de Harriet lo sacó de sus pensamientos. Bajó la mirada hacia ella, frunciendo ligeramente el ceño.

—Te ruego me disculpes. Estaba metido en mis pensamientos —no estaba dispuesto a admitir que estaba pensando en otra mujer, o en los errores que él había cometido.

—Oh... —podía sentir la decepción en el tono de Harriet.

—Lo siento, señorita Russell. Es solo que hace mucho tiempo que no estaba en posición de entretener a una compañía, y me parece que he perdido la práctica.

—Si, por supuesto —contestó ella, y sus labios insinuaron una sonrisa—. Eso ocurre cuando uno ahuyenta rutinariamente a sus visitas.

Redmond se dio cuenta de que su risita se había oxidado por el desuso.

—Sí, supongo que tienes razón.

Subieron por la escalera curvada hasta que estuvieron

un piso arriba de la habitación de él. Se detuvo ante una puerta ornamentada y la abrió para ella.

—Esta es la Habitación de la Perla —Redmond esperó a que ella entrara delante de él.

—¿Por qué se llama así?

Redmond la siguió al interior, admirando su figura desde atrás.

—Míralo tú misma.

Ella se soltó de su agarre para ir a explorar la habitación. Una cama alta con dosel estaba decorada con cortinas de terciopelo negro bordadas con plata y oro. Había perlas cosidas en las cortinas, creando dibujos como de lluvia cayendo entre las estrellas de plata y oro bordadas.

—Es una lluvia de polvo de estrellas —dijo él, estirando la mano para tocar las cortinas—. Así lo solía llamar mi abuela.

Los ojos de Harriet se abrieron de par en par por el asombro cuando sus manos se unieron a las de él para rozar el terciopelo.

—Es lo más bonito que he visto en mi vida. No, no puedo quedarme aquí. Esta habitación es más adecuada para una... —su voz se entrecortó.

—¿Una duquesa? Sí. Lo es. Por favor, quédate. Una habitación como esta no debe permanecer vacía.

Su rubor desapareció mientras palidecía repentinamente.

—¿Su esposa se quedaba aquí?

—¿Millicent? No, ella se quedaba en la habitación de terciopelo verde, o en mi cama cuando yo... —él tragó saliva con dificultad mientras la vergüenza teñía su tono.

—¿Cuando usted qué? —Harriet lo miró con una inocencia que lo hizo querer sostenerla cerca de una forma que él nunca había esperado.

—Cuando se lo pedía. A ella no le gustaba compartir mi cama —no estaba seguro de por qué admitía un detalle tan íntimo de su vida, pero no quería que ella pensara que él y Millicent habían tenido un matrimonio perfecto. Él quería... ¿Qué era lo que quería? ¿Que esta mujer a la que apenas conocía viera lo vacía que había estado su vida de amor? ¿Que se compadeciera de él?

¿Que lo amara?

—Tiene una hermosa habitación, Su Alteza. Perdone que se lo diga, pero no creo que la duquesa debería haber dormido separada de usted.

—¿No crees en las habitaciones separadas? —eso le intrigaba. La mayoría de la sociedad esperaba habitaciones separadas.

—No. Cuando se trata de amor, creo que un hombre y una mujer que se aman deberían compartir la cama. Quizá mi punto de vista se vea afectado por mi percepción de la infancia. Mis padres no eran aristócratas, y nuestra casa en los Cotswolds era pequeña en comparación. Mis padres compartían habitación, y creo que eso los mantenía enamorados, el estar tan cerca el uno del otro.

Redmond tocó una perla de la cortina más cercana. Él había anhelado una relación amorosa y había pensado tontamente que Millicent era suya.

—Estoy de acuerdo. La intimidad de dormir al lado de otra persona es extraordinaria. Pocas barreras existen entre dos personas que deciden compartir una cama, compartir sueños y susurros de medianoche —él pensó en cómo Harriet había dormido en su cama la noche anterior y en cómo había deseado abrazarla, dormir a su lado. ¿Cómo podía desear eso de una forma que parecía mucho más profunda de lo que había sido nunca con Millicent?

Porque Millicent nunca había sido suya realmente. Ella había pertenecido a Thomas desde el momento en que se conocieron. ¿Pero Harriet? Era alguien que aún podía pertenecerle a él y él a ella. La idea lo sorprendió, pero no se negó a ella. Después de siete años, él deseaba deshacerse de su soledad, pero aún tenía miedo de volver a confiar en el amor. Y ella también.

—Encenderé algunas de las lámparas para ti. Por favor, ponte cómoda. Maisie seguirá atendiendo tus necesidades mientras te quedes. Haré subir en breve a un lacayo para que encienda el fuego.

Él le cogió la mano y se inclinó sobre ella, besándole las puntas de los dedos. Harriet no apartó la mano, lo cual lo tranquilizó, el saber que ella ya no le temía de ninguna manera. La dejó sola y se llevó consigo esa pizca de esperanza escaleras abajo.

———

Harriet dio vueltas en la Habitación de la Perla mucho después de que Redmond se hubiera marchado. Se sentía mareada y emocionada al quedarse en una habitación tan señorial y de ensueño. El siniestro duque al cual había temido, se desvanecía como un espejismo ante sus ojos. Ella ya no lo veía como un demonio, sino como un alma perdida. Un hombre aún perdido y dolorido.

Harriet deseaba saber la verdad de lo que les había ocurrido a su mujer y a su hermano. Ese era el único misterio que aún le preocupaba. Pero tal vez pronto ella podría sonsacarle esa historia. También admitió que no podía imaginar a este hombre como amigo o incluso conocido de su padrastro ahora que estaba empezando a conocerlo. Cuando ella había llegado la noche anterior, se había negado a confiar en él, pero ¿ahora? Sentía que eso podía ser posible.

Maisie llamó a la puerta unos minutos después y entró con una pila de cajas en los brazos. Timothy, el ayuda de cámara, la seguía por detrás con un montón de cajas aún más grandes.

—Hemos vaciado el desván, con la aprobación de Su Alteza —dijo ella mientras colocaba las cajas sobre la cama. Timothy añadió su carga al montón y, guiñándole un ojo a Maisie, las dejó solas.

—Es un poco pícaro —la criada soltó una risita mientras observaba al ayuda de cámara retirarse.

—¿Quién? ¿Timothy? —preguntó Harriet mientras ayudaba a Maisie a abrir algunas de las cajas más grandes de vestidos.

—Sí. Él me está cortejando. La señora Breland nos dio permiso ayer. Normalmente ese tipo de cosas están prohibidas, pero, bueno, el espíritu navideño parece haberse apoderado de la casa como hacía años que no sucedía.

Harriet no pudo evitar sonreír.

—Es maravilloso escuchar eso.

—¿Qué hay de éste? —Maisie sacó un vestido de noche de seda de color rosa intenso de una caja azul pálido.

—Oh, es demasiado bonito —Harriet sacudió la cabeza al ver el vestido de seda que exudaba una elegante decadencia.

—Bueno, tengo un saco de patatas en la cocina que quizá prefiera.

Los ojos de Harriet se abrieron de par en par, sin saber qué responder. ¿Acaso el descarado comentario se debía a que de algún modo la había ofendido?

—¿P-perdón?

Maisie se cubrió la boca mientras contenía una carcajada.

—Solo digo, señorita, que no puede pasarse la vida rechazando cosas que le ofrecen solo porque le parecen bonitas.

—Pues no. Supongo que no.

—Debería haber visto la cara que acaba de poner, señorita.

—Bueno, nunca había escuchado a una sirvienta hablar tan... atrevidamente.

Maisie sonrió.

—¿Atrevida? Sí, es una forma de decirlo. Supongo que en cualquier otra casa ya me habrían despedido. La señora Breland ha hablado conmigo en más de una ocasión. Claro que no es fácil encontrar gente para trabajar aquí, así que eso juega a mi favor.

—¿Quizás esa sea la verdadera razón por la que aprobó que Timothy te cortejara? —dijo Harriet con un atisbo de sonrisa burlona.

—¿Qué quiere decir, señorita?

—Bueno, ¿quizá la señora Breland cree que si te casas Timothy te ayudará a mantenerte a raya, a convertirte en una esposa respetuosa y obediente?

Maisie consideró esto.

—Oh, bueno, ¿no se llevarán una sorpresa entonces?

Las dos se echaron a reír, hasta el punto de que Harriet tuvo que secarse algunas lágrimas de los ojos. Cuando las risas cesaron, Maisie sacó el vestido de la caja y se lo tendió a Harriet.

—Nunca digo lo que pienso para ser grosera, señorita, sino porque me importa. Esta fue la segunda vez que usted intentó rechazar algo porque le parecía demasiado bonito.

¿Qué dice eso de cómo se ve a sí misma? Nada bueno, si me lo pregunta. Si sigue diciendo cosas así, tarde o temprano empezará a creérselas.

—Tienes razón —dijo Harriet, inclinando la cabeza en señal de agradecimiento—. Te doy las gracias.

—Ahora, no soy una experta, pero diría que esto es perfecto para usted. Vamos a vestirla para la cena.

Una vez que se puso el vestido, Harriet miró su reflejo en el espejo. La fina sobrefalda, bordada con delicadas hojas brillantes doradas, transmitía un romanticismo de ensueño. Unas gruesas cintas de satén rosa bordeaban el dobladillo y hacían que la parte inferior de la sobrefalda fuera gruesa y ondulante, como habría sido propio de una princesa. Un cinto rosa a juego alrededor de su cintura se anudaba con un moño en la espalda, lo cual atraía las miradas hacia su cintura. Miró nerviosa hacia su escote bajo, y las mangas del vestido descansaban en los bordes de sus hombros. El escote era escandalosamente bajo. Siempre había llevado vestidos de cuello alto en Thursley, temiendo lo que George pudiera decir o hacer si la veía usando algo tan revelador.

—¿Estás segura de que no se caerán? —preguntó en voz baja mientras miraba las mangas de manera crítica.

Maisie ahuecó las mangas para darles más volumen y soltó una risita.

—No se caerán. El corpiño del vestido es lo bastante ajustado. Está diseñado para sostenerse en el pecho y que las mangas caigan ligeramente sobre los hombros, así —la criada tiró de las mangas, pero estas permanecieron firmemente en su lugar, rozando los bordes de sus hombros.

—Nunca había llevado un vestido así —admitió Harriet.

—Confíe en mí, señorita. Este vestido hará lo que debe hacer.

Harriet se tocó el cuello desnudo y frunció el ceño mientras se ponía los largos guantes blancos de seda.

—¿Y qué es eso?

—Atraerá su mirada y le mostrará a él lo encantadora que usted es.

El estómago de Harriet dio un vuelco.

—Espera. ¿Este vestido ha sido idea de Lord Frostmore?

—No, señorita. Ha sido mía.

—Pero, ¿por qué?

—Porque Su Alteza lleva tanto tiempo pensando cosas terribles sobre sí mismo que ha llegado a creérselas. Sé lo que usted debe estar pensando, pero no estoy haciendo de casamentera, de verdad. Solo creo que ambos necesitáis una oportunidad para creer que merecéis tener cosas agradables de vez en cuando. Incluso algo tan sencillo como cenar con una compañía atractiva.

Harriet consideró las palabras de la criada. ¿Ella quería que el duque la viera así de encantadora? *Sí*. Sí lo quería. El hecho la sorprendió. Nunca antes había querido sentirse hermosa. La belleza había significado peligro; había significado que George la observaría con esos ojos codiciosos que le provocaban pesadillas. Era diferente cuando Redmond la miraba. Su mirada hambrienta la excitaba en lugar de asustarla. Y se dio cuenta de que Maisie tenía razón: durante demasiado tiempo, ella se había negado incluso los placeres más sencillos y había empezado a creer que no los merecía.

Maisie le dirigió una cálida sonrisa.

—Le desempacaré el resto de la ropa durante la cena.

—Gracias, Maisie. Por todo.

Cuando Harriet salió al pasillo, escuchó el sonido de un gong lejano, dos pisos más abajo. Cogió las faldas con una mano y bajó al pasillo principal. Lord Frostmore la esperaba al pie de la escalera. Él lucía sumamente atractivo con su abrigo azul superfino, chaleco de seda dorada y pantalones granates. El rostro del hombre se iluminó y, por primera vez en su vida, ella se sintió como debería sentirse una mujer al entrar en una habitación. Que la mirada apreciativa de un hombre era algo que la debería hacer brillar y no algo que debía temer.

—Te ves... —vaciló, y pensó que él podría estar tan nervioso como ella—. Bien, muy bien.

—¿Maisie ha pensado que usted aprobaría que me pusiera esto? —ella levantó la falda y la agitó un poco.

—Ella estaba en lo cierto. Además, se iban a pudrir allí donde estaban. Me parecía un crimen dejar que las polillas se apoderaran de algo tan... —hizo una pausa y ella lo vio tragar saliva discretamente—. Encantador.

—Tiene un gusto maravilloso, Su Alteza. Me siento

honrada de llevar el vestido. Nunca me había puesto algo tan caro.

—Redmond, por favor llámame Redmond —él le cogió la mano—. O Red, si lo prefieres. Red era mi apodo de niño. Mi hermano, Thomas, era unos años menor que yo y no podía decir Redmond, así que me llamaba Red. Supongo que era por mi cabello —a Harriet se le levantó el ánimo cuando él soltó una risita al recordar esos tiempos.

—¿Me llamarías Harriet entonces, Red?

—Harriet —dijo su nombre como si estuviera probando un brandy costoso y lo encontrara de su agrado.

Se sentaron a cenar, la gran mesa estaba dispuesta muy separada, lo que significaba que Harriet tenía que intentar hablar con Redmond desde el extremo más alejado de la mesa, donde un trío de grandes ramos lo mantenían casi oculto ante su vista.

—¿Qué te parece la cena? —la voz de Redmond resonó con fuerza mientras casi gritaba a lo largo de la mesa.

Harriet se asomó por el borde de los jarrones, intentando verlo mejor.

—Yo... bastante bien...

—¿Qué? —replicó él y se inclinó hacia adelante en su silla.

—He dicho que bastante bien, Su Alteza. Creo...

—¡Esto es una maldita tontería! —gruñó Redmond y empujó su silla con fuerza hacia atrás, lo cual sobresaltó a Harriet. Luego cogió su copa de vino y su plato y se sentó justo al lado de ella. Un lacayo se apresuró a recoger los cubiertos del duque y llevárselos antes de volver corriendo a un rincón de la sala para esperar a servir el siguiente plato—. Mucho mejor —Redmond la miró con una sonrisa, y ella se la devolvió.

—Así es.

—Supongo que tendré que decirles a los lacayos que pongan nuestros platos uno al lado del otro durante las comidas. Al diablo la tradición.

—Eso me gustaría —ella no pudo evitar recordar la noche anterior, cuando había cenado con él. Cómo él se había sentado en el extremo opuesto de la mesa, observándola con ojos oscuros y caídos, mientras ella había mantenido una espada al alcance de su mano en la mesa. No era que eso hubiera importado. Él la había drogado y la había llevado a su cama, donde había curado sus heridas junto con el médico. Qué diferente había sido la noche anterior comparada con ésta. El hombre que la había asustado más allá de lo razonable se había ido. En su lugar, había un hombre con una sonrisa amable, un corazón reservado y un alma atormentada. Era un hombre del que quería saberlo todo.

Cenaron sopa y salmón y mantuvieron una agradable conversación durante toda la velada.

—¿Has disfrutado de tu cabalgata? Te he visto antes por la ventana. Espero que no te importe. Exploré un poco la casa después de que la señora Breland me la enseñara.

—Sí, lo disfruté. Montar a caballo es uno de mis pasatiempos favoritos, además de leer. ¿Tú montas a caballo?

—Cuando era niña, monté el poni de un vecino una o dos veces, pero hasta la noche de la tormenta, me temo que no había montado a caballo.

—Y, sin embargo, has llegado hasta aquí. Impresionante.

—Cielos, ni siquiera lo pensé. Simplemente salté sobre la bestia y vine aquí. ¿Qué otra cosa podía hacer? —se sonrojó y se rio de sí misma. Su deseo de ayudar al señor Johnson había anulado todo sentido común.

—Es como sospechaba —dijo Redmond, pensativo.

—¿Qué?

—Eres valiente. Increíblemente.

—Ojalá fuera así. Pero en realidad, tengo miedo de *todo* —eso no era del todo cierto, pero parecía que muchas cosas la habían asustado últimamente.

—Aquí no tienes por qué tener miedo —Redmond alargó la mano para coger la suya, y la conexión produjo un cosquilleo en el brazo de Harriet. Ella no se apartó. Se sentía bien, más que bien, sentir su mano cálida y fuerte sobre la suya.

—¿Podrías hablarme de tu familia y de tu vida aquí? —esperaba que él se abriera a ella, igual que ella se estaba abriendo a él. Harriet se quedó mirando su mano, sus dedos largos y fuertes, y luego la forma en que sus hombros se tensaban ligeramente contra los límites de su abrigo hecho a medida, mostrando su cuerpo bien definido.

Harriet volvió a pensar en los retratos que contrastaban en el pasillo, el del hermoso y angelical hermano y el del duque, que al principio le pareció ordinario en comparación. Pero ahora resultaba evidente lo apuesto que era en realidad. La inteligencia en sus ojos, la compasión en sus rasgos y las sonrisas conseguidas con esfuerzo que parecían quemarle el cuerpo más que cualquiera de los fuegos de la gran chimenea de mármol a sus espaldas. Harriet quería conocerlo, sentir que podía llamarlo amigo.

—Mi familia vive aquí desde hace trescientos años. La reina Isabel nos dio estas tierras cuando mis antepasados le hicieron un gran servicio. Mi abuela me contó que la reina incluso nos visitó una vez y se alojó en la Habitación de la Perla, donde duermes ahora. Prosperamos gracias a la riqueza de las propiedades de los arrendatarios del norte y a las inversiones que hice doce años atrás en empresas de mensajería que zarpan de Dover. Así fue como supe que el puerto cerraría debido a las tormentas.

—¿Y tu familia? Sé que tu mujer y tu hermano ya no están, pero ¿y tus padres?

—Mi madre murió pocas semanas después de dar a luz a Thomas. Él era dos años más joven que yo. Mi padre la siguió seis años después. Fui elevado al título de duque a una edad muy temprana y conté con la ayuda del administrador de mi padre, el señor Shelton, que reside en Londres la mayor parte del año para ocuparse allí de los intereses de la finca —hizo una pausa y luego le estrujó la mano—. Conocí a tu padre, Harriet, aunque por poco tiempo. Él nos entrenó a Thomas y a mí un verano, cuando yo acababa de salir de la universidad. Me agradaba mucho. No conocí a tu madre, y lamento eso —se sonrisa melancólica se suavizó—. Si hubiera seguido trabajando con él, podría haberte conocido. Tal vez yo sea un villano —esto último lo dijo en voz más baja para sí mismo.

—¿Por qué? —ella no lo entendía.

Él la miró ahora con una mezcla de determinación e incertidumbre.

—Porque te deseo, Harriet. Quiero cosas que no tengo derecho a tener.

Ella se humedeció los labios con la lengua, asustada y emocionada a la vez. Entendía lo que él quería decir, pero su única experiencia con el deseo habían sido las miradas depredadoras de su padrastro. Redmond no se parecía en nada a George, y el cuerpo de Harriet parecía reconocerlo.

—Eso te hace humano, Red. Todos... deseamos cosas —sus ojos se centraron en los labios de él. A pesar de su dureza e intimidación la noche en que se conocieron, los labios del hombre habían permanecido suaves, atrayentes, incluso burlones a veces, pero su sensual promesa nunca los había abandonado.

—Tengo un ligero control sobre mi lujuria, Harriet. Pero podría darte un beso, si no tienes objeciones.

Ella no tenía ninguna. Se inclinó más hacia adelante mientras él le acariciaba la nuca y bajaba su cabeza hacia la de ella. Se rindió ante la peligrosa promesa de una pasión que cambiaría su vida y que él llevaba consigo a todas partes. El deseo en su interior creció tanto que casi parecía una furia.

El calor se extendió por su vientre y Harriet gimió cuando él separó sus labios y su lengua jugueteó contra la suya. Ella no sabía que un beso podría ser así. Se sentía capaz de saltar desde los acantilados de Dover, extender los brazos y encontrar unas alas de plumas blancas que la llevarían volando por los vientos.

Redmond colocó la otra mano en su pierna y le levantó la falda por encima de las rodillas. Gimió cuando él tocó la piel desnuda del interior de sus muslos y le hizo cosquillas con sus dedos suaves y curiosos. El calor aumentó en su vientre y la humedad se acumuló entre sus muslos. Él profundizó el beso, inclinándose más sobre ella, y Harriet se echó hacia atrás en su silla mientras seguía tocándola.

—Quiero devorarte —respiró contra sus labios. Ella no comprendió del todo sus intenciones hasta que la puso en pie y la colocó encima de la mesa del comedor. Los dos lacayos que estaban en un rincón de la habitación salieron apresuradamente al pasillo y cerraron la puerta tras de sí.

—Red, ¿qué estás...?

La hizo callar con otro beso. Sus manos recorrieron su cuerpo, rozando sus caderas. Ella quería sentir sus palmas por todo su cuerpo, tocándola en lugares que parecían despertar deseos recién encontrados. Suspiró contra sus labios mientras él la estrechaba, capturándola con sus brazos alrededor de su espalda, pero ella no quería estar en ningún otro lugar en ese momento.

—Te deseo, Harriet. Quiero hundirme en tus ojos —murmuró entre besos lentos y embriagadores que hacían que el cuerpo de Harriet cantara.

Ella se aferró a sus hombros, sintiendo sus músculos fuertes y duros bajo sus manos.

—Yo también... te deseo —el calor de su cuerpo se filtró a través de la tela de la camisa que él llevaba puesta.

—Entonces confía... confía en que yo te daré lo que necesitas.

Ella asintió y él le robó otro beso. Luego, le levantó la falda hasta la cintura, antes de bajarla para que se recostara sobre la mesa. Después, se inclinó sobre el cuerpo de Harriet, el cual estaba boca abajo. El vino que ella había bebido durante la cena la mareó de la mejor manera cuando él le dio un beso en la parte interna del muslo y luego posó su boca sobre su parte más sensible. Si no hubiera estado tan necesitada de sus caricias, se habría sobresaltado ante la escandalosa situación en la que se encontraban, pero en ese momento, no podía importarle menos. No quería que él dejara de hacer lo que estaba haciendo. Nunca.

La expectación se apoderó de ella al ver al perverso duque hacer exactamente lo que había prometido: darle lo que ella necesitaba. Su lengua jugueteó contra sus sensibles pliegues y ella jadeó, gimió y se retorció. Cerró los ojos y cedió ante las sensaciones que la boca de Redmond provocaban sobre ella. Su lengua y sus labios la mantuvieron como su dulce prisionera mientras la torturaba.

Una necesidad que nunca antes había sentido la hizo respirar entrecortadamente y su visión se volvió una espiral. Sus labios encontraron su clítoris y la chuparon. Harriet gritó. Un placer que jamás había sentido, aterrador y vertiginoso, la golpeó como un relámpago, y su espalda se arqueó bajo el cuerpo de él. La suave risa de Redmond refrescó su carne caliente mientras él la acariciaba con su boca, y luego, deslizó las manos por la parte exterior de sus muslos y volvió a bajarle el vestido. Se quedó recostada boca arriba, jadeando e intentando comprender lo que acababa de ocurrir.

—Si tú —respiró ella con dificultad—, eres un villano por eso, bien puedo hacer de tu víctima cuando lo desees.

Él se rio y la ayudó a incorporarse. De repente, Harriet se sintió muy tímida, abierta y vulnerable después de experimentar un placer tan violento, pero él no le dio tiempo para ponerse nerviosa. La alzó entre sus brazos y salieron del comedor. Ella le rodeó el cuello con los brazos, sintiendo su intenso aroma. Se mordió el labio para ocultar una sonrisa al sentirse tan protegida por un hombre que acababa de devorarla en un momento escandaloso. Él la llevó escaleras arriba hasta la biblioteca, donde se acomodaron en un sillón demasiado grande junto a un abundante fuego crepitante. Redmond la mantuvo pegada a él y ella metió la cabeza bajo su barbilla mientras ambos escuchaban los troncos chasquear y crujir en la chimenea.

—Eres muy valiente —él le besó la coronilla del pelo—. Muy valiente, de hecho.

Una parte de ella seguía aturdida por el placer que había sentido en el comedor, pero quería ser sincera con él, con este hombre que, en muchos sentidos, seguía siendo un desconocido.

—Y tú eres maravilloso, Red. *Maravilloso* —deseaba que el hombre pudiera entender que esta noche él le había hecho un regalo precioso.

Él le había quitado el miedo al deseo. Le había mostrado que esa intimidad podía sentirse bien, podía sentirse segura y a la vez excitante. No siempre era aterrador, no siempre eran miradas feroces y manos curiosas en la oscuridad. De repente, Harriet sintió el deseo de decirle que quería quedarse aquí para siempre, que no quería zarpar a Calais, pero no podía hacerlo... a menos que él se lo pidiera. Así que, en su lugar, respiró y se relajó con él hasta quedarse dormida en los brazos del Diablo de Dover.

SIETE

—*Harriet...* —esa voz etérea la despertó de su sueño otra vez. Ella abrió los ojos y vio relámpagos reflejándose en los cristales de la ventana. La lámpara de la mesilla ardía lentamente, iluminando las cortinas adornadas con perlas. Ella estaba en la Habitación de las Perlas, vestida con un camisón de seda fina.

¿Cómo había llegado hasta aquí? ¿Por qué estaba sola? ¿No se había quedado dormida en los brazos de Redmond en la biblioteca? La decepción capturó la boca de su estómago. Había esperado que Redmond se quedara con ella después de lo que había pasado entre ellos.

—*Harriet...* —la triste llamada de su nombre le erizó el vello de la nuca.

—¿Quién está ahí? —preguntó, su cuerpo temblando

mientras los relámpagos brillaban una vez más y los truenos se estrellaban contra la mansión, haciendo retumbar la estructura de la cama a su alrededor.

Las perlas parpadeaban y brillaban como gotas de rocío congeladas sobre el terciopelo negro. Ella parpadeó y se frotó la cara con las manos.

Entonces lo vio. Lo vio a *él*.

Un hombre en la esquina la observaba. Él era hermoso, pero verlo le llenó el corazón de tal angustia que ella no quería marcharse nunca. Levantó una mano como si fuera a tocarla, aunque estaba al otro lado de la habitación.

Harriet no podía respirar. Se aferró a su garganta, y el hermoso hombre, ahora envuelto en sombras, la miraba con una triste preocupación. Harriet alargó la mano hacia él, jadeando.

Entonces, ya no se encontraba más en la Habitación de la Perla. Estaba en otra habitación. Una con muebles más masculinos, pero no era la habitación de Redmond.

Una mujer apareció ante ella, con un vestido y un chal. Ella estaba de pie frente al hombre que había estado en su habitación.

—¿Crees que lo ha dicho en serio, Thomas?

Ella ahora lo reconocía. Thomas, el hermano de Redmond. Harriet observó cómo el hombre abrazaba a la mujer. El amor era evidente en sus rostros. Un amor puro y sincero que hizo que a Harriet le doliera el corazón.

—Lo ha dicho en serio. Red me ama y haría cualquier

cosa por mí —Thomas cogió el rostro de la mujer entre sus manos—. Pero yo le he hecho daño, Millicent. *Nosotros* le hemos hecho daño. Lo que hemos hecho, lo que estamos haciendo, está mal.

—Lo sé, pero él accedió a solicitar la anulación. El escándalo será terrible, pero ¿no es mejor estar juntos? Podemos afrontar cualquier cosa —Millicent rodeó el cuello de Thomas con los brazos y él acarició su cabello oscuro, acunándola contra sí.

—Te quiero —le dijo él a Millicent—. Pero no puedo perder a mi hermano. Ha sido como un padre para mí desde que murió el nuestro. No puedo dejarlo solo después de esto. Déjame volver a hablar con él —Thomas cogió su rostro y la besó apasionadamente antes de abandonar la habitación.

Harriet, invisible para ellos como si ella fuera el fantasma, fue arrastrada por fuerzas invisibles detrás de Thomas por el pasillo hasta otra habitación. La habitación de Redmond.

—¿Red? —Thomas abrió la puerta cuando nadie respondió a su llamado—. Red, por favor, necesito hablar contigo —la habitación estaba vacía. Thomas se deslizó silenciosamente por las escaleras principales y se dirigió hacia el estudio de Redmond, pero se quedó helado cuando una corriente de aire frío llamó su atención. Se dirigió al pasillo principal, donde divisó la puerta principal abierta. Los relámpagos del exterior revelaron una figura alta y distante.

Era Redmond, y caminaba en dirección a los acantilados—. ¡Millicent! Despierta al señor Grindle y a la señora Breland. ¡Red se dirige a los acantilados! —gritó, subiendo las escaleras, con la esperanza de que Millicent lo escuchara.

—¿Qué? —Millicent apareció en lo alto de las escaleras —. ¡Oh cielos, los despertaré de inmediato! —ella desapareció de la vista. Harriet, aún atrapada en este sueño infernal, seguía de cerca los pasos de Thomas, quien corría por los terrenos empapados por la lluvia hacia los lejanos acantilados.

—¡*Red!* —gritó Thomas mientras corría a través de la violenta tormenta.

—¡Detenlo! —el grito de Millicent se unió al suyo cuando Redmond dio un paso decisivo hacia el precipicio.

Thomas cogió a Redmond de la camisa por detrás y tiró de él para alejarlo del precipicio, evitando que cayera hacia su muerte.

—Red, ¿en qué diablos estás pensando? —exigió Thomas, sacudiendo con fuerza a su hermano.

—Redmond... No vuelvas a hacer eso, por favor —Millicent le tocó la mejilla mientras empezaba a llorar.

Un momento después, el suelo bajo sus pies tembló y se derrumbó. Millicent desapareció de su vista. Thomas y Redmond cayeron al suelo, evitando por poco su destino.

—¡Millicent! —Thomas se lanzó hacia el borde, pero Redmond lo arrastró hacia atrás.

—No, no puedes —Redmond lo inmovilizó contra el

suelo—. Ella se ha *ido*.

De repente, Harriet se metió en la cabeza de Thomas, viendo y sintiendo lo que él sentía.

El corazón de Thomas se detuvo al escuchar esas palabras. El tiempo dejó de tener sentido. Hacía unos instantes —hacía toda una vida—, él había creído que estaría con ella para siempre y había creído que encontraría la forma de recuperar la confianza de Red. Y ahora... el amor de su vida estaba muerta.

Thomas miró fijamente a su hermano, queriendo odiarlo por haber venido aquí. Millicent seguiría viva de no ser por él. Pero la rabia se desvaneció a medida que la miseria lo abrumaba. Red solo había venido aquí a morir por lo que Thomas y Millicent le habían hecho.

—Lo siento —murmuró Red—. Lo siento mucho.

Pero Thomas era el que lo sentía. Su mirada se volvió hacia el mar, hacia las olas que azotaban. Ya no había luz en su mundo, no había propósito. Todo se había vuelto oscuro.

Harriet se despertó al escuchar a un hombre gritar su nombre. Parpadeó, se secó las lágrimas y jadeó. Ella vio que estaba a solo unos metros de los acantilados. El viento helado desgarraba su cuerpo y la nieve fresca quemaba sus pies descalzos. ¿Cómo había llegado hasta aquí? ¿Había seguido a un fantasma hasta su propia perdición?

—¡Harriet! —el grito de Redmond la sobresaltó. La cogió y la empujó hacia la seguridad de sus brazos. La arrastró casi seis metros hasta que estuvieron a una distancia segura de los acantilados. Harriet no podía dejar de temblar por el miedo y por el frío—. ¿Qué demonios estabas haciendo? ¡Podrías haber muerto! —gruñó Redmond mientras la cogía entre sus brazos y llevaba su cuerpo helado de vuelta a la casa. Grindle y Timothy los recibieron en la puerta—. Preparad un baño en mi habitación de inmediato. Y una bandeja con comida y vino.

—Por supuesto, Su Alteza —Grindle y Timothy dejaron a la pareja sola.

—Puedo caminar —susurró Harriet, mortificada.

—Estoy seguro que puedes, pero si da igual, me sentiré mejor teniéndote en mis brazos —Redmond la llevó a su habitación y solo entonces la acomodó en una silla junto al fuego. Ella se estremeció cuando la cubrió con una pesada manta y luego añadió más leños a las llamas. Sintió que la tensión crecía en él—. ¿Qué ha pasado, Harriet?

Ella se cubrió la cara con las manos.

—Yo... yo no estoy segura de si me creerías —solo cuando él apartó suavemente sus manos, ella se encontró con su mirada. Quería acurrucarse y abrazarse las rodillas como haría un niño pequeño, pero no podía escapar a la pregunta en su rostro escrutador.

—*Por favor*, Harriet. Cuéntame. ¿Qué te llevó a querer quitarte la vida?

—Yo no... —protestó, y luego respiró tranquilamente —. Yo no quería hacerlo. Estaba dormida en mi cama y me desperté. Escuché a alguien decir mi nombre.

—Maisie debió haber...

—No —dijo ella, interrumpiéndolo—. No era Maisie. La primera vez... Fue *ella*. La duquesa. Ella se paró detrás de esta misma silla y te señaló mientras dormías anoche. Pensé que no era más que un sueño extraño y fantástico, pero esta noche... *Él* vino.

Redmond enroscó sus manos alrededor de las de Harriet mientras continuaba arrodillado frente a ella. No dijo nada, pero ella pudo ver en sus ojos que sabía a quién se refería.

—Me desperté esta noche y me encontré a tu hermano de pie en la esquina de mi habitación. Me aterrorizó. De repente, yo no podía respirar, y luego aparecí en su habitación con la duquesa. Ellos estaban hablando de ti —hizo una pausa, intentando determinar si debía continuar o si a él le dolería demasiado escucharlo.

—Continúa —el rostro del duque había pasado de estar preocupado a inmóvil y sombrío, como una estatua.

—Hablaban de cómo los habías encontrado juntos. Hablaron de un divorcio por anulación. Thomas dijo que él te había hecho daño y que esperaba enmendarlo de algún modo. Estaba muy disgustado, Red. Ojalá pudieras haber visto su cara —ella no podía olvidar la mirada desolada de Thomas.

—Los encontré en su habitación esa noche —susurró Redmond, casi para sí mismo—. Le ofrecí el divorcio a Millicent... y les dije que no deseaba volver a verlos jamás.

Harriet liberó una de sus manos para tocarle la cara y

acariciarle el cabello. La luz del fuego lo hacía parecer oscuro y cálido como el brandy, y los mechones estaban suaves y húmedos bajo las puntas de sus dedos.

—Thomas fue a buscarte para hablar y te encontró en los acantilados.

Redmond asintió y cerró los ojos.

—Yo deseaba acabar con mi vida.

—Pero él te detuvo, y Millicent estaba allí. La vi caer.

Los ojos del duque se abrieron de golpe.

—¿Cómo has podido ver todo esto?

—No lo sé. Pero él estaba allí, Red, tu hermano. Creo que...

Él sacudió la cabeza.

—No lo digas.

—Los dos siguen aquí —Harriet se inclinó hacia adelante y le besó la frente, y él dejó caer la cabeza en su regazo, exhalando un profundo y tembloroso aliento.

—Ellos no pueden estar aquí —murmuró él—. ¿No he sufrido bastante sin que me persigan?

—Yo no creo en fantasmas, pero debo creer lo que vi. Si no, ¿cómo sabría lo que pasó aquí?

—Alguien podría habértelo dicho. La señora Breland, tal vez.

—Sabes muy bien que ella no rompería tu confianza de esa manera —ella tiró suavemente de su cabello y él levantó la cara. Por un momento se miraron fijamente, y Harriet intentó descifrar los misterios de este hombre afligido. Él había estado desesperado por ella y el pánico salvaje seguía allí, ensombreciendo sus cálidos ojos color avellana. Le pasó las manos por el cabello, tranquilizándolo lo mejor que pudo ,y extrañamente, eso también la tranquilizó a ella—. Deberías intentar dormir, Red —estaba más preocupada por él que por sí misma. El cansancio invadía sus ojos y boca.

Él sacudió la cabeza.

—No hasta que tú estés caliente y alimentada.

Más tarde, Harriet salió del agua caliente de la bañera y se envolvió en una bata. Se reunió con Red y ambos comieron en silencio. Su rostro era oscuro e ilegible mientras él bebía su vino y ella el suyo.

—Debería volver a mi habitación —se levantó de la silla, pero él la cogió del brazo.

—Espera. Quédate aquí... conmigo. En mi cama —no había ningún atisbo de seducción en sus ojos. Harriet solo vio la cruda necesidad de mantenerla cerca. Ella sentía lo mismo.

—Red, no creo...

—Por favor. Solo me preocuparé por ti si no te tengo en mis brazos.

A Harriet no le gustaba la idea de que la vieran como un objeto de lástima, pero él sí la quería en sus brazos, y ella admitió sin reparos que también deseaba eso.

Él añadió más leños a la chimenea mientras ella apartaba las mantas de su cama. Se metió y él se acomodó a su lado.

Harriet se estremeció al darse cuenta de que estaba casi desnuda. Él solo tenía que quitarle la bata que llevaba puesta...

Redmond le rozó la mejilla con el dorso de su mano y tocó su hombro allí donde la bata se deslizaba unos centímetros para dejarlo al descubierto. Sus ojos brillaban en la penumbra y Harriet solo deseaba un momento para olvidar su propio miedo, para sentirse segura entre sus brazos, pero también lo deseaba a él.

Harriet abrió un poco su bata y rodó sobre su espalda. Él la miró, primero confundido, luego sorprendido y, por fin, el deseo brilló en su rostro, haciéndolo hermoso ante los ojos de ella.

Ella le rodeó el cuello con la mano y atrajo su rostro hacia el suyo.

—Por favor, Red —no necesitó decir nada más. Su boca se encontró con la de él, hambrienta. Al cabo de un momento, él deslizó la boca por su cuerpo, besándole la clavícula, los pechos, rozando su piel sensible con sus dientes y mordisqueándola hasta que estuvo caliente y ruborizada. Sus manos recorrieron su cuerpo, explorando sus caderas y muslos. Se arqueó y gimió cuando él introdujo un dedo en sus húmedos pliegues, pero pronto, ella se balanceó contra su mano.

Harriet le arañó la camisa hasta que él se la quitó. Redmond gimió cuando ella deslizó una mano entre sus cuerpos y acarició su erección a través de sus pantalones.

Intentó no pensar en cómo este hombre parecía despojarla de todo sentido común, pero la necesidad que sentía era en parte física y en parte emocional, y dominaba todo lo demás.

—Por favor —repitió Harriet, y se apartó de ella para quitarse los pantalones.

Luego, estaba encima de ella, separándole suavemente los muslos. Después de acomodarse en su cuerpo, la besó con fervor mientras ella se derretía debajo de él. Se movió y ella se tensó cuando empezó a penetrarla. Pero volvió a besarla y, antes de que ella se preocupara, la penetró. El dolor que sintió la hizo jadear y lo cogió con fuerza por los hombros. Él permaneció quieto, y Harriet respiró hondo mientras intentaba adaptarse a la sensación de plenitud.

—¿Mejor? —preguntó contra sus labios.

—Mejor —aceptó ella y levantó las caderas en señal de aliento.

Lo que siguió fue la experiencia más memorable de su vida. Redmond unió su cuerpo al de ella y sus bocas se fundieron en un beso que parecía interminable mientras la reclamaba. Harriet no quería que este momento terminara nunca. Ella ya había saboreado el placer antes, pero ahora era mucho más. Sus senos rozaban su pecho y el vello que había allí. Nunca antes había visto eso, el extraordinario pecho desnudo de un hombre. Ella lo recorrió con las palmas de sus manos, adorando la sensación de su piel. La penetraba una y otra vez, la sensación le robaba el aliento y la volvía loca de deseo. Se movían sin decir palabras, sin nada más que la luz de las velas y el sonido de sus respiraciones envolviéndolos.

La pasión que sentía por el hombre y otras emociones más profundas llegaban a su corazón a través de su sangre mientras se estremecía debajo de él. La punzante necesidad que ella había sentido momentos antes se suavizó hasta convertirse en la más dulce sensación de satisfacción. Redmond se tensó cuando gruñó su nombre contra su cuello y luego se relajó sobre ella, con una suave mirada de asombro que hizo que los ojos de Harriet ardieran en lágrimas. Era como si él no hubiera sabido que lo que habían compartido pudiera ser así. ¿Lo había ocurrido entre ellos era muy diferente? ¿De alguna manera algo más especial que con las demás? El corazón de Harriet le pedía a gritos que lo fuera, pero ella no podía hablar de ello de la manera en que él podía. Sin embargo, no se atrevió a preguntarle. En lugar de eso, ella lo acunó contra sí, apoyando su cabeza contra sus pechos hasta que él se separó de ella y rodó sobre su espalda.

—Ven aquí —le instó, y se arrimó a él. Acomodó la cabeza de Harriet bajo su barbilla y le rodeó la cintura con un brazo—. Debo confesarte algo. Es importante que lo escuches.

Asintió tímidamente, insegura de lo que él quería decir.

—Yo amaba a Millicent —dijo en voz baja. La satisfacción que ella sentía y el placer de estar en sus brazos se desvanecieron rápidamente en las sombras. Intentó apartarse, pero él la retuvo sin dejarla escapar—. Por favor, escucha, Harriet. Yo la amaba, pero ahora creo que era más la *idea* del amor lo que yo amaba —suspiró, intentando encontrar las palabras adecuadas—. Mi hermano era el apuesto, el que tenía todos los encantos. Yo esperaba que Millicent me amara, que me eligiera. Pero no lo hizo. Su padre la convenció de que yo era la mejor opción para su familia. Ella siempre había amado a mi hermano, pero yo estaba tan preparado para el amor, tan preparado para una familia y la felicidad, que no me di cuenta de que ella no me amaba. Se preocupaba por mí, por supuesto, pero no era lo mismo que sentía por Thomas.

Harriet lo abrazó con fuerza mientras su corazón se oprimía de dolor por él.

—Lo que hemos compartido en los últimos días ha sido infinitamente más de lo que nunca sentí con Millicent. Eso es lo que quería decirte. Hay algo en ti que me tranquiliza. Tú no necesitas arruinar un silencio agradable hablando, pero cuando hablamos es genuino e interesante. Eres pura, y no lo digo en un sentido carnal. Quiero decir... —de nuevo, le costó encontrar las palabras—. Tú no me hablas como si fueras una mujer interesada en un duque, sino en un hombre. En mí.

—Lo entiendo —le aseguró ella. Por alguna razón, Harriet nunca había querido pensar en su título. Él era su Red. Un hombre que le temía al amor y, sin embargo, lo ansiaba con la misma intensidad. Ella entendía eso muy bien.

Redmond jugó con un mechón de su cabello y abrazó a Harriet mientras se relajaba sobre él. Por primera vez, ella sintió que podía descansar de verdad en esta casa. Tal vez los fantasmas —porque ahora no podía dudar acerca de su existencia y de que ellos le hablaban—, lo habían querido así. Ella había sentido el amor que ellos sentían el uno por el otro, pero también el amor que sentían por Redmond.

—Red, ¿qué le pasó a Thomas? Te vi salvarlo de una caída en los acantilados. ¿Cómo murió? Él no me mostró todo... solo lo que pasó en el borde.

—Él... —Redmond hizo una pausa y tragó saliva—. Él se quitó la vida después de que enterramos a Millicent. No podía soportar vivir sin ella.

—Lo siento mucho, Red —ella le besó la barbilla y él la abrazó con más fuerza.

—Nunca había entendido el hecho de un hombre amara a una mujer con todo su corazón, pero ahora... creo que podría.

Harriet escuchó las palabras y su corazón se aceleró salvajemente con esperanza. Eso era casi una declaración de amor. *Casi.* ¿Pero era posible el amor entre extraños como ellos? Ella deseaba que pudiera serlo. Pero él había perdido mucho, y ella podría tener que irse a Calais. George no dejaría de buscarla, y lo último que ella quería era poner a Redmond en más peligro. Podía ser un duque y tener el poder de un duque, pero George era malvado, y el mal siempre encontraba la forma de hacer daño a la gente buena. Harriet no podía dejar que Redmond saliera herido por su culpa. Eso significaba que ella le debía la verdad de lo que estaba empezando a sentir en su propio corazón.

—Creo que yo podría sentir lo mismo... por ti —ella sonrió tristemente—. Sé que apenas nos conocemos, pero siento que algo encaja en su lugar cuando estoy contigo.

Los ojos de Redmond eran cálidos cuando la besó antes de apagar la vela. Se durmieron con la tormenta en el exterior y el cálido fuego junto a ellos.

———

Redmond observaba las llamas que ardían en la chimenea mientras sus preocupaciones lo atormentaban. ¿Cómo era posible que Thomas y Millicent siguieran aquí? Ellos deberían haberse desprendido de sus envolturas mortales, pero de algún modo habían dejado una parte de sí mismos en Frostmore. ¿Qué querían estos fantasmas? ¿Venganza contra él? ¿O estaban intentando ayudarlo de alguna manera? Sinceramente, él no lo sabía.

—¿Thomas? —susurró el nombre, sintiéndose tonto al hacerlo.

Las cortinas a los pies de la cama se agitaron como si una mano invisible hubiera tirado de ellas. Red contuvo la respiración, atónito al ver que, fuera lo que fuera lo que había en su casa, intentaba comunicarse con él. Tenía que ser Thomas. Ellos habían compartido un vínculo inquebrantable como hermanos. Si alguien hubiera tenido la voluntad de quedarse y velar por él, habría sido Thomas. La idea de estar hablando con su hermano fallecido le produjo un escalofrío, pero también lo inquietó. Esta noche, el fantasma de su hermano casi había matado a Harriet, quizá no intencionalmente, pero ella había estado a punto de morir igualmente.

—Me preocupo por ella —miró a Harriet—. Por favor, no arriesgues su vida, si es que puedes entenderme. *Por favor* —cerró los ojos, casi incrédulo de estar intentando hablar con un fantasma.

Un viento gélido abrió violentamente las ventanas. Abandonó la cama, corrió hacia la ventana y volvió a cerrarlas. Luego volvió a la cama y estrechó a Harriet entre sus brazos.

—Red... —murmuró su nombre mientras dormía, y su corazón se encogió cuando un feroz sentimiento de protección se apoderó de él. Sabía que ella había huido de un hogar peligroso, y tenía la sensación de que cualquier hombre que hubiera puesto sus ojos en Harriet no la dejaría marchar fácilmente. Por primera vez en siete años, él se alegró de que su macabra reputación mantuviera a la gente alejada de Frostmore. Pero, ¿sería suficiente para detener al fantasma que rondaba los pasos de Harriet? Un fantasma que no era obra suya, pero peligroso al fin y al cabo.

OCHO

Las semanas siguientes pasaron como un torbellino para Harriet. Cayó en una cómoda rutina de desayunar con Redmond todas las mañanas, y luego ella y Diablo lo acompañaban a dar un paseo por la nieve en los terrenos de la finca, como lo estaban haciendo ahora.

Ella nunca se cansaba de verlo jugar con el imponente aunque majestuoso perro. El schnauzer gigante se quedaba quieto cuando Redmond lanzaba una pelota roja a un campo nevado hasta que su amo daba un silbido agudo. Entonces, el perro se lanzaba a través de la nieve en busca de la pelota y, cuando la encontraba, se la devolvía.

Diablo dejaba caer la pelota a los pies de Redmond cada vez y luego se acercaba a Harriet, quien se inclinaba, rodeaba el cuello del perro con los brazos y le besaba la frente peluda.

Diablo empezaba a jadear, con su lengua rosada saliendo por un lado de su hocico de puro placer, mientras esperaba a que le volvieran a lanzar la pelota.

—Lo estás malcriando —le advirtió Redmond en tono burlón—. Quiero que siga siendo un perro de ataque feroz. Antes de que tú llegaras, solía deleitarse persiguiendo a las mujeres lejos de mi puerta. Recuerdo una vez que una joven y sus padres intentaron imponerse ante mí. Diablo los persiguió hasta las puertas —Redmond soltó una risita—. La joven gritó como una banshee.

Harriet ocultó una carcajada detrás de su guante.

—Es usted terrible, Su Alteza.

Redmond le rodeó la cintura con un brazo y la estrujó de manera juguetona.

—Desde luego que lo soy.

Mientras caminaban de regreso a la casa, Harriet miró a las gárgolas de las puertas con otros ojos. Los rostros amenazadores de las bestias parecían ahora más antiguos, más protectores que amenazadores. Incluso la casa con sus torrecillas y torres, que tanto se asemejaba a una fortaleza medieval, parecía más solitaria que aterradora. Qué extraño que las impresiones tan fuertes de un lugar pudieran cambiar con el tiempo. Ella se alegró de ello. Frostmore ya no era la pesadilla premonitoria de la que ella había escuchado hablar durante tantos años. Era un lugar lleno de gente que anhelaba el amor.

—Red... ¿Podríamos decorar la casa para Navidad?

Él arqueó una ceja.

—¿Decorar?

—Sí, ya sabes, guirnaldas en las barandillas, coronas en las puertas, ¿quizá incluso un muérdago o dos?

Sus labios esbozaron una sonrisa seductora.

—Sugiere una docena de muérdagos y estaré de acuerdo.

Riendo, entraron en la casa y se despojaron de sus capas y guantes de invierno, entregándoselos a un lacayo que los esperaba. La señora Breland y el señor Grindle conversaban sobre el menú de la cena de esa noche.

—Ah, bien, ambos estáis aquí —dijo Redmond al verlos—. Harriet ha tenido una idea espléndida. Deberíamos decorar Frostmore para las fiestas. ¿Qué os parece?

—Es una idea encantadora, Su Alteza —la señora Breland sonrió, y Harriet se dio cuenta de que el señor Grindle la observaba con un interés apenas disimulado. Maisie tenía razón. El mayordomo estaba enamorado del ama de llaves. Los romances entre los empleados no solían permitirse, pero tal vez Harriet podría convencer a Redmond de que lo permitiera, ya que su ayuda de cámara había obtenido permiso para cortejar a Maisie.

—Excelente. Haced los cambios que necesitéis y enviad a buscar a las aldeas cercanas lo que no tengamos —ordenó Redmond.

—Nos encargaremos —prometió Grindle y le dedicó una rápida sonrisa a Harriet.

Redmond cogió a Harriet por la cintura.

—Bueno, tengo que escribir algunas cartas en mi estudio. ¿Te busco luego?

Para él, encontrarla dondequiera que ella estuviera por la tarde se había convertido en un ritual, y la mayoría de las veces acababan en la superficie plana más cercana, con la ropa esparcida por el suelo. Ella no se cansaba de Redmond ni de su irresistible toque.

—Sí, por favor. Lo más probable es que esté en la biblioteca —ella se había obsesionado con la vasta colección de libros que él tenía allí.

—Bien —él le cogió la barbilla y le pasó la punta de su pulgar por el labio. La forma en que le miró la boca la hizo temblar, provocándole dolor. Era realmente un hombre perverso que sabía exactamente cómo despertar sus deseos más oscuros.

Harriet lo observó a él y a Diablo dirigirse a su estudio antes de aventurarse a la biblioteca. Una sonrisa de felicidad se dibujó en su rostro mientras cogía varios libros y se sentaba a leer en su sillón favorito junto al fuego. Mientras pasaba las páginas, soñaba despierta con la Navidad en Frostmore y la magia que esto traería de nuevo a su vida y a la de Redmond. Ambos se habían vuelto tan recelosos del amor y la confianza que hacía demasiado tiempo que ninguno de los dos se había sentido vivo. Su padrastro la había convertido de una niña que disfrutaba de la vida a una joven que temía ser utilizada, ser *controlada*.

Estoy a salvo aquí con Red, por ahora. A salvo.

Sin embargo, incluso mientras ella pensaba esas palabras, tenía la extraña sensación de algo oscuro y terrible en el horizonte viniendo a por ella.

———

Redmond se acomodó en la silla de su estudio y Diablo se sentó a sus pies, royendo un grueso hueso que la cocinera había reservado para él. Redmond alborotó el pelaje corto de la cabeza del perro antes de coger la pila de cartas más cercana. La primera eran varios informes sobre las empresas de mensajería en las que él tenía intereses con sede en Dover, seguidas de algunos de los ganaderos de ovejas que tenían propiedades arrendadas en su finca. Las finanzas de los granjeros eran escasas en este momento, por lo que él transferiría algo de dinero de las cuentas de mensajería para ayudar a los granjeros y sus familias hasta la primavera.

La última carta de la pila tenía un elegante sello de lacre rojo. Lo rompió y desdobló el papel para leer el contenido. Su corazón palpitó rápidamente en su pecho y arrugó los bordes del papel. Una rabia oscura se desató en él como una violenta tormenta de verano.

Era una carta del padrastro de Harriet, George Halifax, y buscaba a su amada hija, quien había robado su carruaje y su cochero.

¿Cómo se atrevía este hombre a escribirle? Ellos no

tenían conocidos, ni conexiones sociales. Redmond leyó el resto de la carta, sus manos estaban aferradas con fuerza a el papel.

Él decía que la joven mujer estaba loca, que era un peligro para sí misma y para los demás. Su madre había muerto recientemente, dejando a la muchacha sin nadie en su vida que la moldeara hacia un comportamiento femenino respetable después de haberse vuelto tan peligrosamente obstinada. George pedía que, si Redmond sabía de su paradero, le escribiera de inmediato para que pudiera ir a por ella y llevarla a casa.

La rabia que lo había invadido con mucha rapidez empezó a desvanecerse a medida que aparecía un atisbo de duda. Mucho de lo que George había dicho podía tomarse fácilmente como verdad. Harriet había puesto una espada delante de él. Había caminado en la nieve en nada más que un camisón y casi caído por los acantilados. Ella no solo creía que había visto fantasmas, sino que había visto el pasado a través de ellos.

Sin embargo, él había visto las cortinas moverse en su habitación esa noche en que habían hecho el amor por primera vez. Él había sentido ese escalofrío antinatural asociado al mundo de los espíritus, jurando haber vislumbrado fugazmente a su hermano. Pero todo lo que él había experimentado podía descartarse con explicaciones racionales, mientras que las experiencias que ella había tenido, no podían explicarse. El borde de la duda permanecía, un hilo de oscuridad susurrante en su mente.

Redmond se quedó mirando la página durante largo momento, evaluando lo que había llegado a saber de Harriet con las afirmaciones de la carta. Por suerte, él tenía un testigo más al cual preguntar sobre el asunto. Dejó la nota y salió de su despacho, con Diablo tras de él. Entró en la zona de servicio de la planta baja, sobresaltando a su pobre cocinera y apartando de su camino a dos lacayos y una criada. Encontró al señor Johnson en el comedor de servicio, terminando su comida de mediodía. El hombre había permanecido aquí en su finca, junto con el carruaje de George, mientras su pierna rota se curaba.

—Su Alteza —el señor Johnson cogió sus muletas, que estaban apoyadas en el borde de la mesa junto a su sopa y pan a medio comer.

—Por favor, permanezca sentado. Tengo que hacerle unas preguntas.

El señor Johnson esperó, con las manos revoloteando en su regazo mientras jugueteaba con su servilleta.

—Responderé lo mejor que pueda.

—Solo necesito la verdad. Nada de lo que diga hará que lo echen de mi casa, ni que se enfrente a ningún otro problema. ¿Queda entendido? Puede hablar libremente sin temor a repercusiones.

—Entiendo, Su Alteza.

—El padrastro de Harriet, George Halifax. ¿Qué clase

de hombre es? —cuando el señor Johnson vaciló, Redmond lo animó—. La verdad, por favor.

—Él no es el mejor de los hombres —comenzó el señor Johnson—. Tiene una lengua viperina, y se sabe que ha golpeado a una sirvienta una o dos veces.

—¿Y qué hay de Harriet y su madre? ¿Cómo las trataba?

—Al principio, fue bastante amable, supongo, como lo son muchos hombres cuando quieren algo. La señorita Emmaline era una dama muy dulce, pero tenía una mirada desesperada. El señor Halifax vio eso y se aprovechó. La señorita Harriet aún era una niña cuando ella y su madre se mudaron. Thursley era más grande que cualquier otro lugar en el que ellas hubieran vivido y no estaban acostumbradas a que las atendieran. Era bastante agradable la forma en que nos agradecían al personal todo lo que hacíamos —la cara del señor Johnson enrojeció—. No es que yo lo necesitara. Es mi trabajo, después de todo, pero es agradable ser apreciado de vez en cuando por el trabajo duro que haces.

Se aclaró la garganta antes de continuar.

—Bueno, después de un año más o menos, mi amo empezó a mostrar su verdadera cara. La señorita Emmaline pudo manejarlo, incluso las pocas veces que la golpeó, pero estaba más preocupada por Harriet. Verá, cuando la señorita Emmaline se casó con mi amo, la convenció para que firmara un acuerdo de tutela. Hasta que Harriet cumpla veinte años, él tiene todos los derechos sobre ella. Eso pretendía protegerla, pero hasta hace poco, la casa se dio cuenta que también significaba que él podía controlarla, hacerle daño, matarla de hambre, impedirle incluso que escapara al contraer matrimonio. Todo ello sin consecuencias. El personal hacía todo lo posible por cuidarla. La cocinera ponía una pizca de una droga somnífera en la comida del amo para cansarlo en esas noches en que ella veía el brillo maligno en sus ojos.

Redmond apenas podía contener la rabia que bullía en su interior. Le siguió una oleada de odio hacia sí mismo al recordar cómo había intentado asustar a Harriet. Él no había sido mejor que su padrastro, aunque no había tenido intención de hacerle daño, y mucho menos de violarla. Pero ella no había sabido eso.

—¿Cree que él vendrá tras ella? —le preguntó Redmond al señor Johnson.

—Sí. Me sorprende que aún no nos haya rastreado hasta aquí. Supe en el momento en que ayudé a la señorita Russell a escapar de él que yo perdería mi empleo allí. Sin duda, él me acusará de robar el carruaje y hará que me encarcelen.

—Señor Johnson, considérese usted bajo mi empleo. Una vez que esté curado, su deber será cuidar de la señorita Russell —estaba a punto de irse, pero se detuvo y le preguntó al conductor una última cosa—. ¿Cuándo cumple veinte años? —Redmond deseó que Harriet le hubiera confiado todo esto antes. Él podría haber tomado medidas para protegerla. Como duque, tenía cierto poder, pero no estaba seguro de si podría anular a un tutor sin enfrentarse a un juez.

—El siete de enero, Su Alteza.

—Gracias, señor Johnson —el conductor inclinó la cabeza mientras Redmond se marchaba. Tenía que encontrar a Harriet, aunque solo fuera para asegurarse que ella estaba a salvo. Al entrar en el gran salón, no pudo evitar la sensación de que estaba siendo observado. Pero no por ojos vivos…

—Thomas, por favor —murmuró, sintiéndose tonto de nuevo por hablar con el aire. Cuando la sensación empezó a desaparecer, exhaló aliviado. Ahora tenía que defenderse de un demonio real, vivo y que respiraba. No podía permitirse preocuparse por fantasmas en las sombras.

Harriet había vuelto a sentir esos ojos espectrales sobre ella. Se estremeció, pero cuando levantó la mirada, solo vio a Redmond observándola, no a un fantasma. Su cuerpo empezó a temblar al notar la intensidad de su mirada.

Ella bajó su libro y se acercó a él.

—¿Red?

El duque actuó con rapidez, la cogió por la cintura y la inmovilizó contra la estantería más cercana. La estrechó contra sí, con una mano alrededor de su espalda y la otra tirando suavemente de su cabello mientras aspiraba su aroma y le besaba el cuello.

—Me alegro de haberte encontrado —sus palabras sonaron extrañas, como si no hubiera esperado encontrarla en absoluto. La hizo preguntarse si se refería a eso.

Lo que había empezado como un suave abrazo se volvió más duro para ambos. La estantería crujió cuando Redmond presionó a Harriet contra ella, y ella jadeó cuando una descarga de excitación atravesó por todo su cuerpo. El deseo del duque era evidente, pero era demasiado pequeña como para que él pudiera acercarse fácilmente a besarle la boca. Ella intentó rodearle la cintura con una pierna y maldijo sus incómodas faldas. Harriet le arrancó el abrigo de un tirón mientras él le mordisqueaba el hombro de manera juguetona.

Le encantó el agarre posesivo que él tenía sobre su cuerpo cuando la levantó y la colocó en la repisa de la estantería. Le subió las faldas de seda malva hasta la cintura para que ella pudiera separar las piernas. Redmond era una emoción que ella nunca había imaginado posible. Sus manos se enredaron en su pelo de fuego mientras ella buscaba besos más profundos. Redmond gimió contra su boca y sus manos bajaron por su espalda hasta llegar a su trasero. Él la estrujó con fuerza, con urgencia, atrayéndola con fuerza hacia él.

—Te deseo, Red —susurró frenéticamente—. *Aquí* — no le importaba si alguien los veía. Lo único que Harriet sabía es que quería su cuerpo contra el suyo. Él se llevó una mano a la parte delantera de los pantalones mientras ella se quitaba la ropa interior.

Los ojos del duque tenían el color de los campos de trigo y ardían con una intensidad dorada mientras se acercaba a sus muslos y deslizaba una mano hasta su centro. La acarició con las puntas de sus dedos, provocándola hasta que Harriet quiso gritarle por no estar dentro de ella.

—Por favor, me estás provocando —gruñó ella, y él movió sus caderas, ahora penetrándola, llenándola.

Ella gimió y echó la cabeza hacia atrás cuando él salió y volvió a penetrarla. Se retorció contra él, deleitándose en su unión casi violenta, y disfrutando ante el placer que parecía rebotar entre ellos. Redmond respiraba con dificultad mientras se introducía profunda y rápidamente. Casi le dolía sentir cómo la penetraba una y otra vez con tanto vigor, pero le gustaba la excitante incertidumbre que le producía hacer el amor con él. Era un hombre de intensidades: pasión intensa, ternura intensa. Sin embargo, Harriet sabía que él nunca le haría daño. Ella abrió más las piernas, aferrándose a él mientras la reclamaba despiadadamente. Luego, atrajo la boca de Redmond hacia la suya, rodeándole el cuello con los brazos mientras él se mecía hacia adelante y hacia atrás.

La estantería detrás de ella se movía con la fuerza del acto. Su dura longitud la llenaba, prolongando su deseo de correrse. La fuerza que él tenía lo abarcaba todo, su pasión era indescriptible. Era como si estuviera haciendo el amor con un dios del sol, no con un demonio oscuro. Él era todo fuego y placer. Harriet se rindió ante la fuerza pecaminosa de sus cuerpos chocando y no pudo imaginar separarse nunca de él.

Los ojos de Redmond brillaban mientras la miraba, consciente del placer que le estaba proporcionando. Eso solo hizo que él se moviera más rápido, llenando su cuerpo con el suyo. Su ímpetu rudo y posesivo la llevó a un límite de sensaciones agobiantes de un placer arrasador. Ella gritó. Él cubrió su boca con la suya, ahogando su grito y besándola hasta que ella comenzó a temblar, sintiendo únicamente las sensaciones de placer que recorrían su cuerpo.

Él jadeó, abrazándola con fuerza mientras sus músculos se ponían rígidos. Luego pareció recuperarse y se balanceó dentro de ella, ahora de una forma dulce y tierna, mientras le besaba la coronilla del cabello. El cuerpo de Harriet se tensó alrededor de él mientras las réplicas de placer hacían que su vientre se contrajera. Ella le rodeó los hombros con sus brazos mientras él se estremecía y su cuerpo temblaba casi tanto como el de ella. Quería abrazarlo y no soltarlo nunca.

Harriet respiraba entrecortadamente mientras lo besaba suavemente en el cuello. Él le acarició el cabello, y la ferocidad de su acoplamiento casi frenético se convirtió en el más dulce de los momentos. El duque, a pesar de su seducción casi brutal, era un amante magistral, y ahora estaba unida a él, atada por la adoración y la fascinación. Entonces, se dio cuenta —cuando él le robó un beso profundo y prolongado que le hizo doblar los dedos de los pies—, que se estaba enamorando de él.

Te enamoraste de él hace semanas, murmuró una voz dentro de su cabeza. No pudo encontrar una forma de negarlo.

Cuando Redmond se apartó de Harriet, ella lo echó de menos al instante. Él se arregló los pantalones y su vestido antes de levantarla del estante y ponerla en pie. Casi se desplomó sobre él por sus piernas trémulas.

—Lo siento —dijo tímidamente.

—No te disculpes. A un hombre le gusta pensar que es un buen amante, y cuando deja débiles las rodillas a una dama, eso es una prueba sólida —la cogió de la mano y tiró de ella hacia uno de los sofás que había cerca de las ventanas y se recostó, colocándola encima de él. Harriet casi protestó por la posición tan íntima en la que se encontraban, pero teniendo en cuenta que acababan de hacer el amor contra una estantería en pleno día...

Cerró sus ojos mientras suspiraba y se relajaba debajo de ella. Harriet se movió para acomodarse entre el sofá y su cuerpo. Él la rodeó con un brazo y ella apoyó la mejilla en su pecho. El latido lento y constante de su corazón le proporcionó una intimidad inesperada. Lo miró una vez más y vio el atisbo de pecas en su nariz y en sus mejillas ante la luz del sol invernal.

—Deberías descansar —dijo él con una risita. El placer la recorría tan lentamente como la melaza y sonrió tímidamente, aunque él seguía con los ojos cerrados y no podía verla.

—Red... —pronunció tentativamente su nombre—. ¿Puedo quedarme contigo?

—¿Quedarte?

—Sí. No sé lo que me espera en Francia. Antes estaba tan desesperada por escapar, pero ahora me siento segura aquí contigo. No quiero irme en la primavera —ella contuvo la respiración, sabiendo lo loca que estaba por rogarle así—. Tú no necesitas cambiar nada. Yo no espero... Solo deseo quedarme, de cualquier forma en que pudieras permitírmelo.

Él abrió los ojos.

—¿Te conformarías con ser mi amante secreta?

Ella respiró hondo.

—Mientras pueda amarte, eso es todo lo que necesito.

Él le cogió la mejilla y suspiró.

—Tú de verdad eres la criatura más dulce que he conocido. ¿Dónde estabas hace siete años? ¿Por qué no pudiste haber sido tú? —pronunció con la voz un poco ronca. Ella comprendió. Siete años atrás, él había entregado su corazón a otra mujer y había resultado herido. Traicionado. Él deseaba poder volver atrás; era fácil verlo en sus ojos. No podía borrar los años que habían pasado ni desterrar los fantasmas de las sombras—. Duerme.

Harriet apoyó la cabeza en su pecho, luchando contra las lágrimas por el hecho de que él no le hubiera dicho que podía quedarse. Le daría tiempo y esperaría a ver si él cambiaba de opinión.

Justo cuando cerró los ojos, rodeada por el calor de su cuerpo y la luz del sol que entraba por las ventanas, le pareció escucharlo susurrar.

—Quizá me quede contigo.

NUEVE

Harriet no estaba segura de cuánto tiempo había dormido, pero cuando despertó, estaba sola en el sillón. Redmond debió haberla cubierto con una manta y acunado su cabeza con una suave almohada de terciopelo azul. El olor de Redmond seguía allí, ese leve rastro de bosque y nieve. Ella respiró profundamente y parpadeó despacio, frotándose los ojos con los puños.

Normalmente, tenía el sueño muy ligero, así que le sorprendió no haberse despertado cuando Redmond la había apartado de su cuerpo. ¿A dónde había ido él? Probablemente tenía más asuntos de la hacienda ducal de los que ocuparse, pero aun así, ella lo *echaba de menos*.

Estirándose, Harriet se quitó la manta del cuerpo y examinó su aspecto. Su vestido estaba terriblemente arrugado y su cabello bastante despeinado, pero ¿acaso importaba? Nadie estaba aquí para verla o juzgarla, aparte de los criados, y sabía que ella les agradaba. Y lo que era más importante, les agradaba que ella estuviera con Redmond. El tiempo que pasaban juntos lo estaba cambiando para mejor. La señora Breland le había confesado la semana anterior que él por fin empezaba a comportarse como el hombre que había sido siete años atrás. Solo ese pensamiento hizo que el corazón de Harriet se llenara de alegría.

Harriet se sentía de maravilla, espectacular, mejor de lo que se había sentido nunca en su vida, aunque probablemente eso tenía algo que ver con su rudo y agitado encuentro amoroso contra la estantería. Se mordió el labio para contener una carcajada cuando se dio cuenta de la enorme pila de libros que se había caído de la estantería superior. *Habían* hecho el amor como nunca.

Se levantó del sofá y se acercó para intentar limpiar el caos. Después de guardar los libros, dio un paso atrás y miró hacia la estantería con satisfacción. Nadie adivinaría lo que ella y Redmond habían hecho aquí. Salió de la biblioteca y encontró a Diablo esperándola fuera.

—Bueno, hola. ¿Estás buscando a Redmond?

Diablo se levantó de una posición sentada, sosteniendo un largo trozo de cuerda anudada, y luego se agachó defensivamente, claramente listo para jugar.

—Oh, ya veo. Redmond está ocupado, y por eso has venido a buscarme —Harriet se rio, cogió el extremo de la cuerda y tiró con fuerza. Diablo sacudió la cabeza de un lado a otro, intentando liberarse de su agarre, igual que hacía con Redmond. Al cabo de varios minutos, Harriet se quedó sin aliento y le permitió finalmente salirse con la suya, soltando la cuerda.

El perro trotó hasta el otro extremo del pasillo y se detuvo a observar el extremo de una alfombra de corredor antes de cavar furiosamente en un intento de enterrar la cuerda. Luego, volvió junto a ella, con una expresión canina de suficiencia en el rostro, como si estuviera convencido de que había conseguido ocultar la cuerda de ella. continuó siguiéndola por la casa mientras Harriet volvía a explorar Frostmore habitación por habitación. Era una casa enorme, con muchas habitaciones oscuras y puertas cerradas. Los sirvientes se movían afanosamente a su alrededor cuando se cruzaba con ellos, y le ofrecían cálidas sonrisas. En las últimas semanas, ella se había adaptado a la vida en Frostmore.

Harriet se detuvo en la larga galería de cuadros, admirando el retrato de Redmond. Prefería al verdadero duque en persona, pero mientras él estaba ocupado en su estudio, este retrato le resultaba reconfortante. Sacudió la cabeza y miró a Diablo.

—No estoy acostumbrada a desear tanto estar con alguien, especialmente un hombre —rascó las orejas plegadas del perro, que se sentían suaves como el terciopelo. Sentía que podía confesarle cualquier cosa a su atento compañero—. Estoy enamorada de él, como ves, y cuando estoy con él me siento fuerte y valiente. ¿Eso me hace tonta?

El perro ladeó la cabeza, como si estuviera considerando la pregunta. Luego sacó la lengua, destruyendo su expresión pensativa.

—¿No tan tonta, entonces? —el perro ladró una vez y ella soltó una risita—. ¿Dónde está tu amo? En su estudio, supongo. ¿La luz del día ofende su sensibilidad demoníaca? —había llegado a llamarlo a veces su amante demoníaco, porque él había sido tan perverso en su primer encuentro, y ahora... Estaba hechizada por las ansias carnales del hombre y no podía resistirse a burlarse de él por ellas.

Diablo le lamió la mano.

—Vamos a llevarle té y galletas —le echó una mirada al retrato de Redmond antes de salir del salón de los antepasados de Redmond. Sintió una docena de miradas procedentes de los siglos de rostros pintados al óleo mientras pasaba junto a ellos. Solo esperaba que los fantasmas atrapados en los lienzos la encontraran digna de Redmond.

Redmond volvió a coger la carta de George Halifax, mirando fijamente las palabras que lo habían hecho correr en busca de Harriet hacía unas horas. Luego la arrojó a la chimenea que estaba frente a su escritorio y la vio arder.

Grindle apareció en la puerta de su estudio.

—Su Alteza... Tiene una visita.

—¿Oh? —Redmond se enderezó en su silla. No esperaba a nadie—. ¿Quién?

—El señor George Halifax —la sombría expresión de Grindle advirtió a Redmond que Grindle reconocía el nombre y que estaba tan disgustado como Redmond al escucharlo. Hacía poco que él había compartido con Grindle que Halifax era el padrastro de Harriet y que no se fiaba en absoluto de ese hombre. Le había confiado a Grindle que él incluso podía suponer un peligro para Harriet.

—Tráemelo. Pero primero, encuentra a Harriet. Llévala a mi habitación y mantenla allí. No quiero que él sepa que ella está aquí.

—Una sabia decisión, Su Alteza —el mayordomo se fue, y Redmond se frotó las sienes mientras su cabeza empezaba a doler detrás de sus ojos. Lo único que deseaba era volver a estar con Harriet en la biblioteca. Lamentaba haberla dejado durmiendo tan dulcemente sin él. Cuando ambos se habían recostado juntos allí, ella se había acurrucado contra él con tanta ternura, como si quisiera tenerlo tan cerca como pudiera. Cada vez que se había llevado a Millicent a la cama, ella siempre había deseado volver después a su propia habitación. Le había herido que le negaran la intimidad de tenerla entre sus brazos, de sentirse conectados. Ahora, él había encontrado esa conexión con Harriet y, si no tenía cuidado, podían robarle eso.

George Halifax no tardó en entrar en el estudio de Redmond. El hombre era alto y musculoso, pero bastante grueso; y muy posiblemente no estaba en plena forma física. Redmond no pudo evitar medirse con el hombre, y decidió con certeza que podría superarlo en cualquier forma de combate. Se levantó y le indicó a Halifax con la cabeza que ocupara un asiento.

—Gracias por aceptar verme, Su Alteza. Sé que no nos conocemos formalmente, y odio molestarlo, pero le envié una carta hace unos días. ¿La ha recibido?

—Sí, aunque confieso que acabo de leerla esta mañana.

—Así que ya sabe que se trata de un asunto grave. Mi pupila, la señorita Russell, ha desaparecido. Su madre ha fallecido, y me encuentro en la posición de ser el único tutor de la señorita Russell. He estado muy preocupado por su paradero. Usted es un bastión de fortaleza para Dover. Sabía que podía confiar en usted para que me ayudara en cuanto se enterara de mi difícil situación —la expresión de Halifax cra seria y abierta, pero Redmond había aprendido hacía tiempo que la gente podía fingir ser algo que en realidad no eran. Aun así, aunque el hombre estuviera lleno de mentiras, esas mentiras podrían revelar una verdad involuntariamente.

—Estoy escuchando, señor Halifax.

—Me casé con la madre de la señorita Russell hace seis años y crie a su hija como si fuera mía. Era una niña obstinada, y aunque admiro el espíritu en las jóvenes, estaba claro que mi Harriet era mucho más vivaz de lo tolerable.

Redmond cerró las manos en puños bajo su escritorio cuando Halifax dijo "mi Harriet", pero dejó que el hombre continuara.

—Su madre cayó enferma y acaba de fallecer, pero antes de morir, Harriet se escapó y robó mi carruaje y a mi cochero en el proceso. Su madre deseaba que yo siguiera siendo su tutor hasta después de su cumpleaños, pero me temo que tendrá que ser más tiempo. Ella es vulnerable, y creo que propensa a tener ataques de locura.

—¿Ataques de locura? —preguntó Redmond en voz baja.

El tono de Halifax se volvió aún más grave.

—Sí. Ella es capaz de arrebatos violentos y de hilar historias fantásticas. ¿Huir del refugio de mi casa mientras su madre agonizaba? Eso es prueba suficiente para mí de que ella necesita cuidados especiales. Solo deseo tenerla de nuevo bajo mi techo para protegerla de sí misma.

El hombre era un actor extraordinario. Si Redmond no hubiera tenido el instinto tan arraigado de desconfiar de los motivos de las personas, habría estado tentado de creerle a Halifax antes que a Harriet.

—Puse mi fe y mi confianza en usted, Su Alteza, en que me diría si ella estaba aquí.

Redmond no pasó por alto el ligero tono acusatorio en las palabras de Halifax. Debía de sospechar su casa sería que el único lugar lógico donde una mujer podría encontrar refugio en los alrededores. Estuvo tentado de reprender a Halifax por sugerir que él mentiría, pero él *iba* a mentir sobre Harriet.

—Yo lo haría, pero ella no está aquí. Sin embargo, tengo su carruaje y a su chófer. —Redmond pensó rápidamente—. Encontramos el vehículo averiado en la carretera hace unas semanas. Él mencionó haber ayudado a su hijastra, pero dijo que en el momento en que el carruaje volcó, ella lo abandonó. Él sufrió una fractura en una pierna y un médico de las cercanías lo ha estado ayudando en su recuperación. Aún no puede mover la pierna y debe seguir convaleciente aquí unas semanas más, pero puedo tener sus caballos de carruaje listos para partir en una hora si desea llevárselos a casa. Me habría puesto en contacto con usted antes, señor Halifax, pero mis negocios me han mantenido alejado, y acabo de regresar para enterarme del incidente esta mañana a través de mi mayordomo.

Halifax asintió, como si la excusa de Redmond fuera bastante creíble.

—Estaría encantado de llevarme el carruaje y los caballos ahora, y confío en que si mi hija aparece en su finca, usted tomará las medidas necesarias para devolverla a mi cuidado.

Redmond quería darle un puñetazo tan fuerte al hombre como para romperle la mandíbula, pero el juego seguía en marcha, así que en lugar de eso sonrió y le tendió la mano para que la estrechara.

—Por supuesto. Ella parece bastante perturbada y se beneficiaría de una mano firme y cariñosa.

—Gracias, Su Alteza. Mientras tanto, ya he iniciado los trámites para que sea declarada trastornada. El juez de Faversham firmará los papeles en cualquier momento —Halifax sonrió y, esta vez, mostró un atisbo de sus verdaderos deseos. Un fugaz brillo triunfante permaneció un momento demasiado largo en sus ojos.

—Mi hombre, Grindle, lo acompañará ahora a la salida.

Halifax salió del estudio y Redmond se hundió en su silla, con un nudo de preocupación estrujándole el estómago. No le cabía duda de que Harriet aún seguía en peligro, ahora más que nunca. No confiaba en que Halifax se mantuviera alejado de sus tierras. Estaba claro, por la mirada penetrante del hombre, que creía que Redmond mentía. Halifax probablemente ya había buscado tanto en Dover como en Faversham. Frostmore era la opción más lógica para que una mujer se escondiera. Eso significaba que Harriet no estaba segura aquí. Nunca sería capaz de salir de los terrenos, posiblemente ni siquiera de la casa. Se marchitaría poco a poco por estar así de aislada del mundo. El pensamiento que había rondado oscuramente en los bordes de sus pensamientos regresó ahora y fue inevitable. Harriet no podía quedarse. Ella necesitaba marcharse, ir a algún lugar permanentemente fuera del alcance de Halifax.

O ella podría quedarse... si no fueras tan cobarde como para casarte de nuevo, susurró una voz oscura en su interior.

Pero era la verdad. Él tenía miedo de casarse de nuevo, miedo de atar su vida a la de otra persona después de la traición que había sufrido la última vez. ¿Y si estaba equivocado sobre lo que Harriet parecía sentir por él? ¿Y si no lo amaba como él esperaba ser amado? Él no podía soportar otra situación como la de Millicent; esta vez no habría nadie que le impidiera saltar al acantilado y responder a la aterradora llamada del vacío y a la muerte que sucedería después.

Si Harriet se quedaba y se casaba con ella, se enfrentaría a ramificaciones legales en los tribunales, pero al menos sería suya. Pero sería más fácil —y más seguro para su corazón—, enviarla lejos de aquí, donde ella pudiera librarse de su padrastro.

Y yo podría volver a estar solo.

Un profundo dolor se apoderó de su pecho mientras salía de su estudio. Escuchó a Grindle despedirse de Halifax y esperó escondido hasta que la puerta se cerró.

—¿Has encontrado a Harriet?

—Sí, Su Alteza. Ella está en su habitación.

—Gracias —hizo una pausa—. Haz que un mozo de cuadra siga el carruaje de ese hombre tan lejos como pueda sin ser visto. Que se mantenga en el bosque si es posible, y que luego regrese. Deseo saber si el señor Halifax se desvía.

—Sí, Su Alteza.

Redmond subió las escaleras a toda prisa e irrumpió en su habitación. Harriet estaba lista para luchar, con la espada preparada y Diablo a su lado.

—¡Oh, cielos, Red, nos has asustado! Escuchamos pasos en la escalera y pensamos...

Redmond se acercó a ella, le quitó suavemente la espada de la mano y la dejó caer al suelo. Diablo ladró una vez y luego trotó hasta la alfombra junto a la chimenea y se acomodó, apoyando su cabeza en sus patas.

—Todo está bien. Él se ha ido —Redmond rodeó a Harriet con los brazos, atónito al ver cómo esta mujer fuerte y valiente solo sacaba su lado ferozmente protector.

Ella enterró la cara en su cuello.

—No puedo regresar, Red. Tú no sabes cómo es él —susurró las palabras tan suavemente que él creyó haberlas imaginado.

—Lo sé —él le pasó una mano por la espalda y le cogió la cabeza con la otra, sintiendo su pelo dorado como la luz del sol calentando las puntas de sus dedos.

—¿Lo sabes?

—El señor Johnson me advirtió sobre él esta mañana. Me habló de Halifax. Harriet... Tu madre ha muerto. Halifax me ha dicho que ella ha fallecido.

Ella se hundió aún más en sus brazos.

—Lo sabía. Lo sentí, como cuando una fuerte tormenta finalmente se despeja y un pálido cielo acuoso reemplaza la penumbra. Ya no podía sentir su dolor en mi corazón —sollozó—. En su lugar hay un vacío sombrío.

—Tú *no* estás vacía —la tranquilizó Redmond. Una vez, hacía mucho tiempo, él había soñado con estar así de cerca de su mujer para ofrecerle consuelo y amor, pero nunca había tenido la oportunidad. Y ahora Harriet, la mujer que podría haberle ofrecido tanto, la mujer a la que podría haber dado cualquier cosa, no podía pertenecerle.

—¿Y si él se entera que estoy aquí? —se apartó para mirarlo—. No estaré a salvo en ningún sitio. Él no le teme a nada.

—¿Tú crees que él entraría en mis tierras para intentar hacerte daño mientras yo estoy aquí?

Harriet respondió con un lento asentimiento de cabeza y sus ojos llenos de un cansancio que lo preocupaba más de lo que él deseaba admitir.

—Aunque me quedara aquí y tuviera toda la protección que un duque pudiera ofrecerme, no creo que sería suficiente, Red. Él no dejará de perseguirme, y no quiero ponerte en peligro o al personal de aquí.

Él quería discrepar, decirle que ella estaba a salvo, pero eso sería una mentira, y él no quería que hubieran mentiras entre ellos.

—Tienes razón. Es un hombre peligroso. La única manera de mantenerte a salvo es que te vayas. Debes partir mañana por la mañana. Iremos a Dover y te encontraremos un barco. El Canal aún no se ha vuelto demasiado traicionero para una travesía invernal. Me encargaré de que tengas dinero para ropa y comida. Tendrás de sobra para instalarte en Calais o Normandía, donde está la familia de tu padre.

Los ojos de Harriet se llenaron de lágrimas no derramadas.

—¿Tú quieres que me vaya?

—Yo daría *cualquier* cosa para que te quedaras. Pero me temo que el destino tiene otros planes. Yo tampoco confío en Halifax.

—Incluso habiendo escapado de él, George se las ha arreglado para superarme — murmuró ella—. Él aun así ha ganado, aunque no me posea, porque me ha negado la felicidad, y debo abandonar el segundo lugar de mi vida que realmente sentí como mi hogar.

—Sí, debes hacerlo —coincidió Redmond—. Él pretende demostrar que estás loca o perturbada para retener la tutela sobre ti, incluso después de que hubieras escapado legalmente de él. Ya ha empezado el papeleo con el juez de Faversham.

Un nuevo terror golpeó el rostro de Harriet.

—Oh, Dios, Red.

Él la sujetó con fuerza, sin soltarla mientras ella temblaba de nuevo en sus brazos.

—Nos pondremos de acuerdo con Grindle y la señora Breland para que te vayas mañana —las palabras le resultaron amargas en su boca.

Se quedó callada un largo rato antes de levantar su cara hacia la de él.

—Red, no quiero irme.

—Debes hacerlo —*aunque me mate dejarte marchar.*

Ella intentó apartarse, darle la espalda, pero él no se lo permitía. En lugar de eso, la acercó de nuevo. Las finas manos de Harriet se retorcieron ansiosas antes de posarse en su pecho. La miseria lo desgarró, dejando un vacío en su corazón, excepto por un débil resplandor que ella había encendido semanas atrás a partir de un fuego moribundo.

—Podría arreglar que tuvieras un hogar en Francia, pero no podría ir a verte, no de inmediato. Él tendrá ojos siguiéndome, de eso estoy seguro.

—No, no puedes hacer eso. Él podría descubrirlo de algún modo. Será mejor si voy sola, sin ninguna conexión entre nosotros.

Sus palabras, aunque estaban destinadas a protegerlos a ambos, ardían como un atizador caliente contra el corazón de Redmond.

—Lucharé contra él en los tribunales. Tengo influencia sobre el juez en Dover, y estoy seguro de que, con el tiempo, yo podría ganar suficiente poder en Faversham para encontrar una manera de revertir cualquier fallo que el juez haga a favor de Halifax. Necesitaré tiempo, tiempo donde pueda saber que tú estás a salvo, lejos de él.

—Oh, por favor, Red —su tono atormentado tiró de él, y supo que si no la besaba por última vez, podría perecer. Así que desafió la agonía y el dolor que formaban un sudario invisible en su interior y le robó otro beso.

—Solo nos queda la luz del día, querida —rozó su nariz con la de ella antes de presionar sus labios contra los suyos, suave pero con urgencia. Lo invadió la poderosa sensación de estar despertando de un largo y terrible sueño que lo había mantenido atrapado durante siete años.

Harriet le devolvió el beso, con su pasión juvenil y su dulce ardor como un destello de luz brillante. Eso le recordó a sus tiempos de niño cuando vagaba por los desvanes. Al aburrirse, lanzaba unas piedras, solamente para romper una ventana cubierta de polvo. La explosión de luz lo había cegado. Había sido la experiencia más gloriosa de su vida, sentir el brillante sol quemando su cuerpo, recordándole la alegría de estar vivo, de estar en el exterior y vivir en el mundo.

—Harriet —murmuró contra sus labios—. Contra la voluntad de mi vacilante corazón, me he enamorado de ti.

Él no quería pasar otro momento sin haber dicho esas palabras. Sí, la perdería. Sí, él no volvería a encontrar ese sentimiento con nadie más, pero al menos lo habría dicho. Al menos sabría que ella sentía lo mismo.

Los ojos azules de Harriet eran suaves como un cielo soleado de verano.

—Yo también te amo. Más de lo que es prudente, pero te amo aun así —su sonrisa melancólica hacía eco de su propio dolor.

Era todo lo que necesitaban decirse el uno al otro mientras él la llevaba a la cama.

Se tomaron su tiempo para desnudarse el uno al otro. Redmond memorizó las pendientes y curvas que la hacían única, que hacían de ella una perfección exquisita. Ella era su luz en la penumbra, la parte de su vida que creía perdida desde hacía años.

La recostó debajo de él, cubriéndole la cara de besos. Él saboreó sus escalofríos y suspiros mientras besaba todo su cuerpo. Ella soltó una risita cuando él le mordisqueó un pezón y luego el otro. Las manos de Harriet se clavaron en su cabello, de tal forma que todo su cuerpo se puso rígido de placer. Le rozó la nuca con las uñas, lo cual, lo hizo gemir. Después, él le besó el vientre mientras bajaba entre sus piernas. Se había vuelto menos tímida en las últimas semanas, y Redmond disfrutaba de lo libre que parecía ser con él, sus pasiones eran iguales entre sí.

Ahora, piel con piel, dos unidos en uno, la penetró suavemente. Hacerle el amor así era una tortura exquisita, pero se sentía como el paraíso. Harriet le rodeó la cintura con las piernas y atrajo su cabeza hacia la suya.

—Nunca me canso de besarte —suspiró ella. En sus ojos brillaban el amor y la sinceridad, y eso lo conmovió hasta la médula. Se estremeció por encima de ella mientras salía y volvía a hundirse en su calor acogedor.

—En toda mi vida —susurró él—, no ha habido nadie como tú, ni volverá a haberlo —luego la besó profunda y lentamente, su lengua estaba jugando a un antiguo juego con la de ella.

La turbulencia que había gobernado su vida durante los últimos siete años había cesado repentinamente en este momento de calma tan perfecto. Sin embargo, él estaba lleno de energía, lleno de alegría, lleno de amor, tan fuerte que su corazón parecía a punto de estallar. El suave ritmo de ambos se aceleró con el tiempo, a medida que aumentaba su frenética necesidad de saborearse mutuamente, de compartir el placer de su amor.

Se deleitaba al arrancar pequeños jadeos de excitación de Harriet mientras la hacía suya. Su respiración se entrecortaba mientras él se acercaba al límite. Redmond deslizó una mano entre sus cuerpos, encontró la protuberancia de excitación de Harriet y lo recorrió con el dedo hasta que se arqueó debajo él y sus paredes internas se cerraron alrededor de su miembro.

Entonces, se perdió, su corazón y su alma salieron de él hacia ella, y volvieron de nuevo. Un largo rato después, cubrió sus cuerpos con la colcha y tiró de ella hacia él. Le besó la frente y se aferró a ella, cerrando los ojos.

Si el amor fuera un pesado tomo en su biblioteca, cada página tendría dibujado el rostro de Harriet y habría poemas sobre ella escritos en una docena de idiomas. Contendría los secretos más poderosos de la vida, trascendentales y demasiado iluminados para un alma como la de él. Sin embargo, si ese libro existiera, él juraría leer cada página cada noche durante el resto de su vida hasta que fuera un anciano y viera ponerse el sol por última vez. De ese modo, nunca perdería el recuerdo de ella. Harriet estaría siempre con él.

Entonces, podría decir a los fantasmas que yacían entre

los muros que él había hecho algo bueno con su tiempo en esta tierra. Él había amado a Harriet más que a su propia vida, y había recibido el mismo amor a cambio. No había mayor regalo que ése, y Redmond lo perdería para siempre al amanecer.

Diez

Harriet enterró su dolor en lo más profundo de su corazón mientras cerraba la maleta que Maisie había empacado llena de hermosos vestidos. Vestidos dignos de una duquesa. Estos no le pertenecían, pero Redmond había insistido en que solo pertenecían a la duquesa de Frostmore.

Él le cogió la cara y se inclinó para susurrarle.

—En mi corazón, no habrá otra. Tú eres *mi* duquesa.

Ella no había sido capaz de negarle nada. Él le robó más besos, con los ojos enrojecidos mientras se pasaba las manos por el cabello como si deseara arrancarse los mechones por la frustración.

Harriet le rodeó el cuello con los brazos, sin importarle que el personal la estuviera observando. Todos habían venido a despedirse.

—Gracias por darme un lugar al que pertenecer. Un hogar —las palabras le quemaban la garganta y apenas podía hablar—. Gracias por dejarme amarte —fuera lo que fuera lo que el destino le deparara ahora, ella había recibido el regalo más preciado que una persona podía tener. El regalo de su amor.

Él le secó las mejillas mientras ella esbozaba una sonrisa.

—¿Sin lágrimas?

—Uno no puede llorar cuando se da cuenta de que ha sido bendecido sin medida —se apartó de él, la acción quebró el corazón de Harriet, pero no se atrevió a dejarle ver cuánto. En lugar de eso, ella se arrodilló a su lado para acariciar a Diablo, quien la observaba en silencio. Como siempre, el perro parecía percibir su estado de ánimo y sus ojos marrones estaban cargados de un dolor recíproco. Harriet echó los brazos al cuello del perro y lo abrazó con fuerza, luego se puso de pie y volvió a mirar a Redmond.

—¿No me verás en Dover? —volvió a preguntar, necesitando pasar el mayor tiempo posible con él antes de despedirse.

Él negó con la cabeza, con una sonrisa triste en los labios.

—Si yo fuera, de ninguna manera sería capaz de quedarme de brazos cruzados y dejar que te subieras al barco.

Harriet lo entendió, aunque le doliera. Era mejor cortar por lo sano aquí, donde todavía parecía menos real.

—Escríbeme cuando estés a salvo —su silenciosa petición la sobresaltó. Eso les dolería a ambos, pero ella obedecería.

—¿Y tú? ¿No volverás a esconderte? ¿Prometes hacer lo que te he pedido?

Él asintió. Esa mañana, mientras ambos estaban recostados en la cama, viendo la pálida luz del sol extenderse por la habitación, ella le había hecho prometer que no volvería a esconderse de la vida.

Harriet le tocó la mejilla por última vez con una mano enguantada, y él la cogió de la muñeca y la estrechó contra su cara durante un largo instante, con sus miradas fijas.

Después, Redmond susurró con voz ronca.

—Vete ya... o perderé el valor de dejarte marchar.

Se dio la vuelta, se apresuró a salir por la puerta y bajó rápidamente los escalones hasta el carruaje que la esperaba. Si ella miraba atrás, sabía que se le rompería el alma, no solo el corazón. El chófer de Redmond la ayudó a entrar, y ella se recostó en los cojines del asiento y respiró entrecortadamente mientras el carruaje se alejaba.

Era temprano por la tarde cuando llegaron al puerto, y Harriet intentó mantenerse ocupada pensando en lo que haría una vez que llegara a Calais.

—Ya hemos llegado, señorita —el conductor le ofreció la mano mientras ella bajaba. El puerto de Dover estaba tranquilo; solo había media docena de navíos atracados. Sus mástiles parecían un bosque antiguo, muerto y silencioso.

En algún lugar, sonó una campana y un hombre avisó del cambio de guardia a bordo de uno de los barcos—. Iré a ver en qué barco puedes reservar pasaje —se dirigió a la oficina de embarque más cercana.

Harriet esperó, con la capucha de su capa levantada para protegerse del frío. Observó a los hombres de los barcos a lo lejos mientras se ocupaban de sus tareas.

De repente, alguien la cogió por el hombro y algo duro se clavó en su espalda.

—Ni un grito, querida hija —siseó George desde detrás de ella—. Ni uno, o te clavaré esta espada.

El miedo la envolvió mientras cerraba los labios y asentía.

—Bien. Muévete hacia atrás conmigo —tiró de ella hasta que estuvo a punto de caerse, entonces la hizo girar para que mirara de frente a su carruaje, el cual esperaba en las sombras. George la empujó con fuerza y ella entró tambaleándose. Intentó apresurarse hacia la otra puerta para escapar, pero los dos hombres macabros de su casa estaban allí y la cogieron, uno le inmovilizó los brazos a los lados y el otro le cubrió la boca con la mano—. Atadle las muñecas y amordazadla —espetó George.

Harriet forcejeó, arañando y pateando, hasta que la punta del cuchillo de George le pinchó el pecho, atravesando su vestido color de rosa. Se quedó quieta y los hombres que tenía a ambos lados le ataron las manos. Uno de ellos hizo una bola con un trozo de tela y se lo metió entre los labios.

Incapaz de resistirse, ella miró por la ventana del carruaje, con la esperanza de que el cochero de Redmond la viera. Pero su última esperanza falló y se hundió derrotada contra el asiento.

—¿Tienes idea de los problemas que me has causado, pequeña Harriet? Faversham se ha llenado de cotilleos sobre a dónde te has escapado. Tu pequeña aventura ha avergonzado mi nombre y mi hogar. Lo pagarás caro, y Lord Frostmore no podrá ocultarte esta vez.

Los ojos de Harriet se abrieron de par en par al escuchar el nombre de Redmond, y a él no le pasó desapercibido.

—Oh, yo sabía que estabas allí. Era el único lugar lo bastante cerca, y hacía demasiado frío para que estuvieras mucho tiempo en el bosque. Está claro que estás loca. ¿Por qué otra razón una mujer joven pediría ayuda a un notorio asesino de esposas? Por suerte para ti, tenemos un médico esperando en Thursley para declararte trastornada, y tengo a un juez lo local preparándose para firmar papeles al respecto mientras hablamos. Entonces tendré una tutela sobre ti por el resto de tu vida. ¿Por cuánto tiempo? Eso dependerá de si me complaces o no.

Harriet lo miró fijamente. El horror la invadió hasta que no fue capaz de sentir otra cosa. Este hombre era un verdadero demonio, oculto tras una máscara de cariño y decencia.

Había esperado que él la olvidara con el tiempo, pero su obsesión era demasiado profunda.

—No me mires así —espetó él—. Te he rescatado de un asesino.

Por supuesto, se pintaría a sí mismo como el héroe, rescatándola del Diablo de Dover, pero él era el único diablo en este cuento.

—Si te mantienes sensata, puede que te quite la mordaza —señaló con la cabeza a un hombre, quien le quitó la tela de la boca. Debían estar demasiado lejos de Dover para que él se preocupara por sus gritos—. No llegaremos a Faversham esta noche. Tengo una habitación asegurada en una posada cercana. Dormiremos y nos dirigiremos a Thursley mañana.

—¿Una habitación? —preguntó Harriet, con voz fría, su cuerpo aún estaba entumecido.

George sonrió satisfecho.

—Por supuesto. No puedo dejarte sola en tu propia habitación. No en tu estado. No querríamos que te pasara nada.

Ella se tragó una oleada de náuseas e intentó aclarar sus pensamientos. Tendría que ser inteligente, jugar como si él la hubiera derrotado. Una vez que él bajara la guardia, ella lucharía hasta la muerte para recuperar su libertad.

—Puedo verte tramando y conspirando, querida. Lo que sea que estés planeando, no funcionará.

El resto del viaje, George habló acerca de sus grandes planes, de cómo esperaría un tiempo respetable antes de casarse con ella, sin importar el escándalo. Al fin y al cabo, solo era su pupila, no su hija. Harriet se permitió escapar a las profundidades de su mente. Ella estaba de vuelta en Frostmore, explorando la vieja casa, caminando por los terrenos cubiertos de nieve, corriendo hacia Redmond y arrojándose en sus brazos. George nunca podría reclamar esos recuerdos. Eran solo suyos.

Llegaron a la posada al anochecer y George le dijo al posadero que cenarían en su habitación. Harriet se sentó frente a él en la pequeña mesa, comiendo de mala gana. Se preguntó si George la drogaría, pero sabía que él disfrutaría con sus gritos de dolor y probablemente preferiría que fuera plenamente consciente de su impotencia cuando se aprovechara de ella. Estaba obsesionado con poseerla y controlarla, el tipo de hombre al que todas las mujeres temían, incluso las más valientes.

George terminó de comer y se acercó para coger la mano que ella tenía sobre la mesa. Harriet intentó apartarse, pero su agarre se tensó lo suficiente como para dejarle marcas rojas.

—Quiero que seamos amigos, Harriet.

—Y yo quiero que me sueltes —intentó mantener un tono cortés.

Se levantó de la silla y se colocó detrás de ella. Le acarició su cabello suelto y luego le clavó la mano bruscamente, obligándola a levantar la cabeza para mirarlo. Con la otra mano le rodeó la garganta.

—Mi querida y dulce Harriet, no me enfades. Yo solo deseo calmar ese espíritu salvaje que hay en ti. No te servirá de nada luchar —le soltó el cuello justo cuando su visión empezaba a oscurecerse. Harriet tosió violentamente mientras jadeaba en busca de aire. Pero él no había terminado con ella. La levantó de un tirón y la llevó hacia la cama—. Ven aquí y descansa. Puedes dormir tranquila sabiendo que yo estaré aquí para cuidarte.

Sus palabras le provocaron una nefasta oleada de repulsión. Ella intentó zafarse de su agarre. George la golpeó con el puño en la mandíbula. La sangre brotó en su boca.

—¡Monstruo! —ella intentó correr hacia la puerta, pero él aplastó su cuerpo contra ésta antes de que Harriet pudiera levantar el pestillo.

Harriet le dio un codazo y él se desplomó contra ella. Se zafó de él y corrió hacia la mesa, arrebatando el cuchillo de la cena. En las clases de su padre, ella no había aprendido a manejar las espadas cortas, pero se sentía capaz de hacerlo si se daba el caso.

George se giró hacia ella con un gruñido. Harriet levantó la cuchilla, sintiendo el espíritu de su padre dentro de ella como una llama ardiente. Lucharía contra él con todo lo que tenía. Pero se le hizo un nudo en la garganta al ver la pistola. Él tiró del gatillo y no ocurrió nada. Exhaló aliviada, pero solo tenía un segundo antes de que él la atacara.

Redmond se quedó mirando las lejanas puertas de Frostmore y la figura negra sentada entre ellas. Diablo había perseguido al carruaje hasta las puertas y luego se había detenido, ladrando una o dos veces antes de quedarse en silencio, inmóvil como una estatua. Estaba esperando a que Harriet volviera a casa, y eso le rompió el corazón a Redmond.

—¡Diablo! —gritó Redmond desde la puerta principal, pero el perro no se movió.

Redmond recorrió la distancia que lo separaba de la puerta y se paró junto a su peludo compañero. Ambos miraron el camino por el que se había ido Harriet. De repente, Diablo se giró hacia la casa, erizado y gruñendo. Redmond también se giró y se quedó boquiabierto. El rostro de una mujer se asomaba por la ventana de su habitación. Incluso a la distancia, él sabía quién era.

Millicent.

—*Red...* —el susurro que escuchó no era ni masculino ni femenino, y la forma en que éste acarició el aire a su alrededor lo hizo estremecerse.

La mujer levantó una mano, presionando la palma contra el cristal.

—*Red... Él la tiene...*

Diablo dejó de gruñir y se paralizó, observando cómo se desvanecía el rostro en la ventana. Pronto volvieron el canto de los pájaros y el viento que soplaba desde los acantilados.

Solo entonces, Redmond se dio cuenta de que todo se había detenido mientras Millicent le hablaba. Su advertencia volvió a pasar por su mente. Sus temores de que los fantasmas que rondaban su casa quisieran hacerle daño parecieron desvanecerse en ese instante. Le estaban advirtiendo, lo estaban ayudando.

—¡Harriet! —corrió hacia la casa, gritando por su caballo.

—¿Su Alteza? —Grindle salió corriendo al vestíbulo cuando Redmond entró.

—Tengo que ir tras ella. No está a salvo. Nunca debí dejarla ir.

Ordenó que prepararan su caballo y entró en su estudio para coger una pistola del cajón de su escritorio y cargarla. Después, la metió en su abrigo antes de subir a su caballo. Cabalgó hacia Dover, pero al llegar a la carretera principal que dividía Dover y Faversham, cuando la penumbra empezaba a asentarse sobre la tierra, vio algo que estaba allí, bloqueando el camino hacia Dover.

Redmond se quedó mirando al fantasma, que parecía brillar en la oscuridad. Redmond entreabrió los labios, pero no pronunció palabra. Su yegua, que por lo general era mansa, corcoveó salvajemente, como si percibiera, tal vez incluso viera, esa visión sobrenatural.

Thomas.

Su hermano señaló el camino que conducía a Faversham. Su pálida figura resplandecía a partir de una fuente de luz en lo más profundo de su ser, convirtiéndolo en una fantasmal versión perlada de su antiguo ser.

—*La posada...* —las palabras apenas habían salido de los labios de Thomas antes de que se desvaneciera.

Redmond miró el camino hacia Dover, donde sabía que Harriet había ido, pero luego miró el camino opuesto que su hermano había señalado. ¿Estaba perdiendo la cabeza no solo por ver sino por confiar en estas visiones?

Cerró los ojos y respiró hondo. Tenía que confiar en ellas. Así que dirigió su montura hacia Faversham.

—Muéstrame el camino, hermano. Muéstrame —suplicó a los vientos mientras corría.

Vio las luces distantes de una posada más adelante. Una visión llenó su cabeza, clara como el día. *Harriet cogiendo un cuchillo, Halifax abalanzándose sobre ella.* Redmond no perdió ni un segundo, se detuvo en la posada y lanzó las riendas de su caballo a un mozo de cuadra. El interior de la posada estaba inquietantemente silencioso. Algunos hombres estaban sentados en un rincón, bebiendo ale y hablando en voz baja. Lo miraron con recelo cuando entró. Redmond los ignoró y buscó al posadero.

—Busco a un hombre llamado Halifax. Puede que él haya entrado con una mujer joven. Pagaré generosamente por información completa —colocó un pequeño monedero sobre el mostrador.

Los ojos del camarero se abrieron de par en par.

—Ellos estuvieron aquí, se quedaron a cenar en una de

las habitaciones de arriba. Pero empezaron a gritar y la mujer salió corriendo hacia los acantilados. El tipo fue tras ella —el hombre cogió la bolsa de monedas.

El amargo sabor del pánico llenó la boca de Redmond. ¿Harriet se dirigía hacia los acantilados? ¿En qué estaba pensando? Ella podría caer... como Millicent.

—¿Dónde está la puerta trasera?

El hombre señaló por encima de su hombro, a través de la cocina.

—Gracias —corrió hacia la puerta, su corazón latía con tanta fuerza mientras rezaba por no llegar demasiado tarde.

Harriet arañó la cara de George mientras éste la tiraba al suelo. La hierba estaba mojada por la nieve derretida. Ella había resbalado cuando sus botas se engancharon en una capa deslizante de nieve, dando a George la oportunidad de alcanzarla. Ahora Harriet luchaba por su vida. Le dolía el cuerpo por el peso del hombre encima de ella.

La escasa luz de la luna oscurecía las sombras del rostro de George. Gruñó y se lanzó contra ella. La golpeó salvajemente en la sien y ella perdió el control de sus manos, que ahora se enroscaban alrededor de su garganta. Ella luchó por respirar, intentando alcanzar el pequeño cuchillo que tenía a escasos centímetros de su mano. Sus ojos se iluminaron con la demoníaca lujuria de la muerte mientras él la sujetaba.

Sería muy fácil ceder, rendirse y dejarse llevar. Harriet estaba cansada de huir, cansada de luchar. Ella quería a Redmond, volver a estar en sus brazos. Su visión empezó a nublarse y pudo escuchar la voz de su madre.

—*Harriet... lucha...*

Él se rio a carcajadas, y el horrible sonido de su alegría la hizo volver en sí. Sus dedos tocaron la punta de la cuchilla y ella se estiró hasta que enroscó los dedos a su alrededor. Entonces la blandió, clavándosela profundamente en el costado. Él echó la cabeza hacia atrás y gritó de dolor. Sus manos la soltaron y Harriet le propinó un fuerte puñetazo en la garganta, haciéndolo retroceder tambaleante. En cuanto quedó libre, intentó alejarse del acantilado, pero la cabeza le daba vueltas y casi se desmayó por el dolor que sentía en el cráneo. Cuando se volvió para ver a George, éste estaba a unos metros, al borde del acantilado, mirándola con furia.

—¡Pequeña zorra! —sacó el cuchillo y la miró fijamente. Luego su rostro se endureció y comenzó a acercarse a ella.

¡Crack!

George se detuvo después de tambalearse, mirándose el pecho, donde apareció una mancha roja oscura en su camisa blanca, que crecía a cada segundo.

Harriet se quedó atónita mientras él retrocedía hacia el borde del acantilado. Un segundo después, la tierra cedió y él cayó hacia la oscuridad que yacía debajo.

—¿Harriet? —una voz la llamó. Ella se aferró a su cabeza

dolorida y se volvió para ver a Redmond allí, con una pistola en alto.

Redmond había disparado a George, le había impedido llegar hasta ella, de lo contrario, Harriet también habría caído por el precipicio. Se arrastró lentamente hacia atrás, temiendo que el suelo debajo de ella cediera también. Redmond la alcanzó un momento después y la rodeó con sus brazos, alejándola del borde, igual que había hecho dos semanas atrás, cuando le había salvado la vida después de que ella siguiera a un fantasma hasta los acantilados.

—Red... —se desplomó en sus brazos. Ambos cayeron sobre la hierba, abrazados.

—¿Estás bien? —le preguntó, cogiéndole la cara.

Harriet le rodeó el cuello con sus brazos y él la abrazó, incluso mucho después de que ella dejara de temblar.

—Sí. Ahora lo estoy.

Las nubes se abrieron y la luna llena brilló, proyectando inquietantes rayos de luz que se reflejaban en la nieve que los rodeaba.

George se había ido. El monstruo que la había mantenido atemorizada durante los últimos seis años ya no estaba allí para atormentarla. Harriet comenzó a cerrar los ojos, pero entonces lo vio. Un rayo de luna titilante que por un momento pareció ser... *Thomas*. La miró a ella y a Red con una triste sonrisa en los labios antes de que la luz de la luna desapareciera de nuevo tras una nube. El espectro de la maldad de George en su vida había terminado y, por primera vez en mucho tiempo, Harriet podía respirar. Se sentía feliz, segura... y ahora estaba de nuevo con Redmond. Se maravilló de cómo era posible que la suerte le hubiera deparado semejante destino.

—Se ha acabado —dijo suavemente Redmond—. Ahora estás a salvo. Él ya no puede hacerte daño. Me encargaré de que el juez de Faversham se retracte de todo lo que él pudo haber firmado sobre ti.

—¿Puedes hacer eso?

—Ahora que Halifax está muerto y yo puedo dar fe de su intento de asesinarte, cualquier papeleo que se presente ante un juez será dudoso dados los motivos de ese hombre para hacerte daño.

Harriet se inclinó hacia él, relajándose por primera vez en seis años. Todo había terminado. George se había ido. Ella estaba a salvo.

Él le besó la frente y se apartó para mirarla.

—¿Estás lista para volver a casa, mi querida duquesa?

Harriet se quedó mirando su apuesto rostro, preguntándose cómo podía alguien pensar que no era atractivo. Él era perfecto en todos los sentidos.

Pero, ¿qué acababa de decir? ¿Duquesa? Él no podía...

—Red, no tienes que... —no tenía que casarse con ella. Harriet sabía que él podría no desear casarse nunca más después de lo sucedido con Millicent. Mientras ella pudiera estar con él, eso era todo lo que importaba.

—Tú eres mi duquesa. Pensé que no estaba preparado

para casarme de nuevo, pero después de casi perderte, supe que no podía dejarte fuera de mi vida otra vez. Así que tendrás que casarte conmigo, Harriet. No lo permitiré de otra manera —la besó en los labios, un beso profundo y sensual que a ella le hizo sentir mariposas en el bajo vientre. Eso desvaneció todos los pensamientos de los horrores a los que se había enfrentado esta noche, dejando solo alivio y alegría.

—¿Eso así? —se sentía tan mareada que no pudo resistir la tentación de burlarse de él—. ¿No puedo opinar sobre esto?

Redmond sonrió satisfecho.

—En absoluto. Y si te resistes —murmuró seductoramente—, puede que tenga que luchar contigo por ello. No se me da mal el florete de esgrima.

Ella rio y enterró la cara en su cuello.

—No eres terrible. Pero yo soy mejor —le recordó—. Pero quizá te deje ganar.

—¿Lo harías, chica descarada? —él se rio, y el sonido alegre y abierto borró todo el miedo y la angustia que ella había sufrido.

Harriet ya no lo estaba perdiendo; se iba a casa con él.

—Vamos, volvamos y alquilemos un carruaje. Puede que el pobre Diablo aún te esté esperando en las puertas.

—¿Qué? —ambos se levantaron y se dirigieron hacia las lejanas luces parpadeantes de la posada.

—Él persiguió tu carruaje hasta las puertas y ha estado

allí desde entonces. Él sabe, al igual que yo, que tú perteneces a Frostmore.

—Sabes, él en realidad no es un diablo. ¿Quizás puedas cambiarle el nombre? ¿Ángel, tal vez?

Redmond volvió a reír.

—Es un perro guardián negro. Si empiezas a llamarlo Ángel, nadie le temerá.

—¿Quizá eso sería algo bueno? —Harriet se rio—. ¿Para cuando vengan los niños? No querríamos asustar a los pequeños.

Redmond se detuvo de golpe.

—¿Los niños?

Asintió, repentinamente nerviosa.

—Sí... Quería decírtelo, pero entonces llegó George y supe que tenía que irme. Mi periodo lleva dos semanas de retraso. No estoy segura, pero...

No pudo terminar la frase cuando él la estrechó contra su pecho en un abrazo feroz.

—Niños —dijo la palabra con una sonrisa infantil mientras levantaba a Harriet y le daba vueltas. Cuando por fin la dejó en el suelo, la miró como si ella fuera la respuesta a todas las preguntas que había tenido—. Harriet. *Mi* Harriet —la acercó de nuevo—. Te amo hasta la locura.

Ella le acarició el cuello con la nariz y disfrutó del calor de su cuerpo abrazado al suyo.

—Y yo te amo sin medida —era un amor que no la llenaba de locura, sino de un glorioso y maravilloso frenesí por la vida. Le recordaba a su infancia, mucho antes de que su padre enfermara.

—Vámonos a casa. Tenemos el resto de nuestras vidas por delante —la voz de Redmond estaba llena de alegría y esperanza. Ya no había sombras, fantasmas ni ninguna otra cosa entre ellos.

—¿Cómo supiste dónde encontrarme? —preguntó cuando llegaron a la posada.

Los ojos de Redmond volvieron a estar serios.

—No estoy seguro de si me creerías si te lo dijera.

—Pruébame.

—Thomas me indicó el camino, después de que Millicent me advirtiera que estabas en peligro.

Harriet guardó silencio un largo momento, recordando lo que los fantasmas de Frostmore le habían mostrado.

—Espero que ellos puedan encontrar la paz juntos. Se lo merecen —ella apoyó la cabeza en su hombro y él asintió.

—Por primera vez, creo que yo también lo espero. Frostmore será un lugar de alegría a partir de ahora. Un lugar de amor y luz.

—Siempre que estemos juntos —añadió ella.

—Hasta la eternidad —él le levantó la barbilla para robarle otro beso. Su corazón solo le pertenecía al Duque de Frostmore. Él ya no era el Diablo de Dover, porque tenía un par de ángeles que velaban por él. Y él era *su* ángel.

Epílogo

Dos semanas después Redmond se despertó con una blanca Navidad cubriendo los terrenos de su casa solariega. Harriet yacía en sus brazos, aun profundamente dormida. Él casi no podía creer lo fácil que había sido lidiar con la muerte de Halifax. El juez había anulado los papeles que Halifax le había enviado, y Harriet había recibido la totalidad de la herencia de Halifax, ya que éste no había tenido herederos. Harriet había mencionado la posibilidad de convertir la casa en una escuela de esgrima, y Redmond había estado de acuerdo en que era una idea excelente.

Se deslizó fuera de la cama y cruzó hacia la ventana mientras se ponía su bata. La nieve se extendía hasta donde alcanzaba la vista, hasta los acantilados y las profundas y heladas aguas azules más allá. Durante los últimos siete años, los inviernos aquí habían sido fríos y deprimentes. Pero ahora, todo era diferente. Los pasillos estaban llenos de guirnaldas navideñas. Las criadas tarareaban villancicos mientras limpiaban. Los lacayos se habían tomado muy en serio la colocación de los muérdagos. Más de una criada había sido sorprendida por un beso rápido y risueño de los jóvenes. Frostmore volvía a ser un hogar para todos.

Harriet se movió en la cama, buscándolo.

—¿Red?

—Aquí, cariño —caminó a la cama y se inclinó para besarla. Ella rio encantada.

Él le dio un golpecito en la punta de la nariz.

—¿Por qué no te vistes? Es Navidad.

Ella puso los ojos en blanco.

—Alguien está ansioso por sus regalos.

—Sí que lo estoy. No hemos tenido una verdadera Navidad aquí en siete años.

Los ojos de Harriet se oscurecieron con emociones.

—Oh, Red...

Él sacudió la cabeza.

—Nada de eso. Ahora baja y reúnete conmigo en la larga galería una vez que estés vestida. Debo ver a Grindle y a la señora Breland y ver cómo van los preparativos para esta noche.

Él recogió su ropa y fue a cambiarse, pero aprovechó para robarle un beso más antes de dirigirse escaleras abajo.

El personal estaba que explotaba con sus preparativos

para las celebraciones de la tarde. Esta noche, celebrarían un baile de Navidad, donde él le pediría oficialmente a Harriet que fuera su esposa.

—¿Grindle? —encontró a su mayordomo haciendo entrar a la orquesta que tocaría durante el evento. Viejos amigos y familias locales habían sido invitados, así como sus familias de granjeros arrendatarios. Él quería reiniciar su vida, volver a formar parte del mundo gracias a Harriet. Cuando ellos habían enviado las invitaciones por correo, le había preocupado que nadie acudiera, pero las respuestas positivas no habían tardaron en llegar.

Grindle sonrió ampliamente.

—Ya casi estamos listos, Su Alteza.

—Bien, bien —palmeó nerviosamente su bolsillo. Allí estaba el regalo que había elegido para Harriet—. Ah, y Grindle —cogió a su mayordomo antes de que se fuera.

—¿Sí, Su Alteza?

—Tienes mi permiso —la confusión en la cara de Grindle era casi cómica—. Para cortejar a la señora Breland. Si decidís casaros, podéis conservar vuestros puestos aquí sin ningún reparo por mi parte.

Grindle se limitó a asentir respetuosamente con la cabeza antes de salir apresurado para indicarles a unos cuantos músicos rezagados dónde instalarse. Él era demasiado profesional para permitir que se le escapara más que eso, pero su agradecimiento era evidente.

Unas horas más tarde, Frostmore estaba lleno de gente y

la música inundaba la casa. Él había pasado las horas previas con Harriet hablando de todo y de nada mientras tenían un almuerzo tardío en su estudio. Después, ella había vuelto a su habitación para vestirse para el baile. Redmond saludó a todos sus invitados, incluidos los padres de Millicent.

—Su Alteza —saludó solemnemente el padre de Millicent, Henry.

—Me alegro de que haya venido, señor Hubert.

Henry y su esposa, María, sonrieron un poco tristes.

—Nos alegra estar aquí. Ha pasado demasiado tiempo —Henry entró en la habitación, pero María se quedó atrás.

—Espero... espero que usted vuelva a encontrar la felicidad, Su Alteza. Es lo que mi Millicent habría querido —ella hizo una pausa, con los ojos empañados—. Sabemos que los rumores no eran ciertos. Sabemos que usted la amaba, y no tenemos nada en contra de usted. El pasado es el pasado, y lo hemos dejado atrás —le estrechó la mano y le dedicó una sonrisa sincera.

Los ojos de Redmond ardían mientras le daba las gracias a María. Nunca pensó que ellos le dirían que le creían. Cuando les había contado de la muerte de Millicent, hacía tantos años, ellos se habían marchado de su casa con el corazón roto, igual que él. Pero había temido, con el paso de los años, que ellos creyeran los rumores de que él la había matado. Pero no lo habían hecho. Ellos estaban aquí para celebrar la Navidad, siguiendo con sus vidas.

Él se aclaró la garganta y miró hacia la escalera principal.

Su corazón se detuvo. Harriet bajaba sola. Su vestido de satén era del color de la hiedra, y el dobladillo y el corpiño estaban bordados con hojas de hiedra doradas. La falda se abría dejando ver una enagua roja en el centro, y una fina capa de redecilla dorada cubría las faldas exteriores. Llevaba su cabello rubio recogido y una corona de duquesa, que había pertenecido a las mujeres de Frostmore durante doscientos años, clavada en su artístico peinado. No había querido ponérsela hasta que fuera oficialmente duquesa, pero con un poco de ayuda de Maisie, había sido convencida para usarla. Ella se movía como si estuviera en un sueño. Él avanzó, cogiéndole la mano mientras ella llegaba al último escalón.

—Feliz Navidad, cariño —susurró mientras la conducía hacia la multitud de personas reunidas en el salón. Luego hizo un anuncio para que todos lo siguieran a la larga galería de retratos. En Frostmore no había un salón de baile formal, pero la galería era larga y amplia. Los músicos del interior entonaron un alegre vals y las parejas empezaron a formarse para el primer baile. Redmond cogió a Harriet entre brazos

—. ¿Harriet? —dijo mientras empezaban a bailar a la luz de las velas.

—¿Sí? —lo miró con ojos brillante que veían dentro de su alma.

—Cásate conmigo. Mañana mismo. Tengo una licencia especial de Londres. Cásate conmigo y conviértete en mi duquesa —dejaron de bailar, y él sacó la pequeña caja con el anillo de su madre dentro, con incrustaciones de un gran rubí brillante rodeado de pequeños diamantes.

—Oh, Red —jadeó—. Por supuesto que lo haré. ¡Sí!

Él le colocó el anillo en el dedo y las parejas que habían presenciado la propuesta comenzaron a aplaudir. La abrazó, deseando besarla, pero ya había causado suficiente escándalo por una noche.

Retomaron el vals. Mientras las parejas que los rodeaban volvían a unirse, a Redmond se le heló el corazón al reconocer a dos figuras bailando entre la multitud. Su brillo perlado y luminiscente era de otro mundo mientras ellos giraban entre los demás invitados, sin ser vistos por nadie, excepto por él. Tragó saliva al verlos sonreír y girar antes de que ambos lo miraran. Su corazón se detuvo al reconocer claramente sus pálidos rostros, llenos de alegría. Un instante después, sus figuras traspasaron el tiempo y se convirtieron en polvo de estrellas ante sus ojos.

—¿Red? ¿Qué ocurre? —preguntó Harriet, con ojos preocupados fijos en su rostro.

—Nada. Por fin todo está bien *de verdad* —sonrió mientras se concentraba en su futura esposa.

Si el amor era realmente un libro, él había pasado la primera página y lo único que veía era el rostro de Harriet. Los espíritus que habían atormentado a Frostmore ya estaban en paz. Y por primera vez en siete años, Redmond miró hacia el futuro en lugar de hacia el pasado, con el amor de su vida bailando entre sus brazos.

. . .

¡Muchas gracias por leer *El Diablo Acecha*! Pasa la página para leer el primer capítulo de mi siguiente historia *Cautivando al Conde*, en la que una mujer que se enfrenta a la indigencia acepta participar en una subasta matrimonial. Ella nunca imagina que el apuesto Lord escocés que la gana como esposa es el hombre cuya vida fue destruida por las acciones descuidadas de su padre y que ahora planea utilizarla como venganza.

Cautivando al Conde

Era extraño cómo el futuro de uno podía depender de un solo momento. Uno podía sentirse atrapado, paralizado, mientras el mundo giraba desenfrenadamente. Daphne Westfall estaba atrapada en un momento así, incapaz de avanzar ahora que su vida había dado un vuelco. Desde la muerte de su padre, ella vivía en una pesadilla que no tenía un final visible.

Temblaba en la acera nevada, con la mano extendida hacia los transeúntes, rezando para que alguien se apiadara de ella. Ellos la esquivaban con los labios curvados en muecas de disgusto. Otra ráfaga de viento sopló desde el río y agitó la raída falda por encima de sus piernas. Ella juntó los pies y apretó las piernas para intentar conservar el calor, pero seguía sin sentir los dedos de los pies. Tenía las manos secas y agrietadas, y sus uñas, antes limpias, estaban cubiertas de la suciedad de la calle.

Sus ojos escocían por las lágrimas. Unos pocos peniques antes del anochecer la mantendrían fuera del burdel White House de Soho. Se mordió el labio y huyó mentalmente de esa opción. Ir allí acabaría por destrozarla.

Su estómago dolorido rugió. Pero tenía que ser pragmática si esperaba llenar su dolorido estómago, calentar su tembloroso cuerpo junto al fuego y dormir en una cama caliente.

Daphne resistió el impulso de tocar el bolsillo secreto de su vestido, donde había escondido las perlas de su madre. Otra mujer habría vendido las perlas para comer, pero Daphne no podía atreverse a hacerlo. Ese único y elegante collar era lo único que le quedaba de su madre, lo único que los tribunales ingleses no habían podido arrancarle de las puntas de los dedos mientras llevaban a su padre a la cárcel.

Cuando su padre había sido condenado por falsificación de moneda, la Corona había confiscado los bienes de Sir Richard Westfall y vendido sus propiedades para saldar las deudas contraídas con sus víctimas. A Daphne la habían echado a la calle sin nada más que un vestido y las perlas de su madre guardadas en un bolsillo oculto.

—Por favor, por favor, señor —susurró a un transeúnte —. Unos cuantos peniques...

El hombre escupió sobre su palma abierta y temblorosa. Ella retrocedió haciendo una mueca de disgusto y se limpió apresuradamente la saliva en su vestido. Se le escaparon más lágrimas mientras la vergüenza amenazaba con ahogarla.

Vende las perlas y no volverás a enfrentarte a esto... le susurró una voz oscura en su cabeza. Pero ella no podía.

Un hombre y una mujer se detuvieron en la calle, a unos metros de distancia, y la miraron fijamente. La esperanza surgió. Ella conocía a esa mujer. Lady Esther Cornelius, una amiga, una vez.

Esther la miró fijamente y luego le susurró algo a su acompañante, quien, aunque se encontraba a una buena distancia, le arrojó una pequeña funda con monedas. En el pasado, se habría escondido ante una cara conocida, avergonzada de ser vista en ese estado, pero ahora mismo, lo único en lo que podía pensar era en su hambre. Para su vergüenza, saltó hacia la funda y aterrizó con fuerza en el charco helado del callejón. Cogió la funda y la aferró contra su pecho. Cuando levantó la mirada, Lady Esther y su acompañante se alejaban.

Daphne resolló, con la nariz ardiendo, mientras intentaba contener las lágrimas. Cómo deseaba poder maldecir a su padre. La amaba, igual que ella a él, pero él había destruido su vida, su futuro... todo.

No supo cuánto tiempo permaneció allí sentada, temblando y aferrando la pequeña funda contra su pecho, antes de guardarla en sus faldas y mirar a su alrededor. Su atención se detuvo en la figura de un hombre alto y apuesto apoyado en la pared de una tienda al otro lado de la calle.

Sus ropas exquisitas y su aspecto refinado lo hacían pasar por un caballero.

El miedo se apoderó de ella. ¿Por qué estaría un caballero observando a una pordiosera? Quizá no era tan caballeroso como parecía. ¿Le robaría las monedas, se llevaría las perlas de su madre? Ella no se lo permitiría. Se puso en pie y se echó a correr por la calle, luchando contra el impulso de huir.

Daphne miró por encima de su hombro. Él la seguía desde el otro lado de la calle. Ella aceleró el paso. De repente, el hombre desapareció de su vista cuando una multitud de gente pasó a su lado. Ella se detuvo junto a una hilera de carruajes aparcados a lo largo de la calle y observó a la multitud.

—Señorita Westfall —ella comenzó a girarse hacia esa voz cuando unos dedos fuertes la cogieron del brazo.

Su hombro chocó contra un pecho duro. Ella gritó. La puerta del carruaje más cercano se abrió y él la metió dentro. Arañó el brazo masculino que la sujetaba.

—No grite, señorita Westfall. Usted no corre peligro.

Daphne se zafó de su agarre y se lanzó hacia la puerta. Él la tiró al asiento de enfrente.

—Señorita Westfall, por favor. Intento prestarle ayuda.

Ella se detuvo ante su urgencia. Era el hombre demasiado apuesto que había visto al otro lado de la calle. ¿Cómo había llegado tan rápido detrás de ella?

—¿Prestar ayuda? —preguntó, odiando lo asustada que sonaba—. El secuestro no es el tipo de ayuda que necesito.

—Es una suerte, porque esa no es la ayuda que yo ofrezco —él le soltó el brazo y se recostó contra el cojín—. Mi nombre es Sir Anthony Heathcoat. Algunos me llaman El Lord de los Arreglos.

—¿El Lord de los Arreglos? —nunca había escuchado hablar de él—. ¿Eso qué tiene que ver conmigo?

Él sonrió suavemente.

—Todo.

Ella lo estudió. Su expresión carecía de lástima o lujuria. Tal vez su ayuda no era más que dejarla descansar dentro de un cálido carruaje, lejos de los vientos helados.

—Sé lo de tu padre —dijo Anthony.

Daphne se tensó. No era el primer hombre que buscaba vengarse de ella por culpa de su padre.

—Tranquila, muchacha —él levantó una mano—. No deseo hacerte daño. Permíteme hablar. Después, si no deseas mi ayuda, te permitiré volver a tu posición en la calle con unas libras extra por las molestias.

La vergüenza calentó su rostro y apartó la mirada. Nunca en su vida había creído que estaría sentada en un carruaje con un hombre hablando acerca de su vida como pordiosera.

Daphne levantó la barbilla y se encontró con su mirada. Ninguna sombra amenazadora oscurecía los ojos del hombre.

—Muy bien. Di lo que tengas que decir.

—Conozco los delitos de tu padre. La falsificación es un delito grave. Él ha tenido suerte de no ser enviado a la horca.

Daphne intentó tragarse el repentino nudo que se le formó en la garganta.

—También sé que su condena hizo que sus bienes se utilizaran para pagar los daños a sus víctimas; al menos, a los que eran miembros de la nobleza.

Otro trago doloroso. Ella no podía hablar. Esa había sido la peor indignidad. Su padre había traicionado a sus amigos de la sociedad, manchándolos con su deshonor. El abogado de su padre no le había permitido conocer los detalles más espantosos, pero ella había escuchado rumores de que un hombre se había pegado un tiro después de que lo relacionaran con el escándalo.

—Nunca he creído que los pecados del padre deban pasar a sus hijos. Es injusto que tú debas sufrir por sus crímenes. Yo deseo ayudarte.

—¿Cómo puedes hacerlo? —preguntó ella, sintiéndose extrañamente entumecida.

—¿Has notado cómo la *alta* siempre favorece a un buen matrimonio? La unión correcta puede borrar incluso los peores pecados de la memoria pública —él sonrió—. Quizá incluso para alguien ensombrecido por un escándalo.

¿Ensombrecido por un escándalo? El hombre tenía facilidad de palabra. ¿Pero casarse? Ningún hombre cuerdo se casaría con ella. Incluso las modistas más harapientas se habían negado a emplearla como una simple costurera porque su apellido estaba muy manchado.

—Pero... no tengo posibilidades, ni contactos. Ningún caballero...

La suave risita de Anthony la dejó en silencio.

—No se preocupe, señorita Westfall. Estoy convencido de que puedo encontrar media docena de hombres que considerarían un privilegio reclamarla como esposa. Si usted está de acuerdo, claro.

—¿De acuerdo? —repitió ella. Tal vez hacía más calor en el carruaje de lo que creía, porque su cabeza empezó a dar vueltas.

—Una subasta matrimonial. La sociedad no habla de esta forma de... cortejo, pero el acuerdo general es el siguiente: tú te reúnes con los caballeros interesados y ellos hacen una oferta por tu mano.

—¿Una oferta? —las palabras se escaparon en un chillido asustado.

Anthony asintió.

—El dinero que ellos oferten se depositará en un fideicomiso para tu uso. Se firman contratos y se nombra a un fideicomisario masculino de tu elección para garantizar que tu marido cumpla las condiciones. Así dispondrás de dinero para vivir cómodamente. Por supuesto, uno espera que tu nuevo marido te ofrezca aún más como su esposa.

Parecía una locura, pero... Daphne se mordió el labio mientras reflexionaba. ¿Un matrimonio concertado? Las mujeres de título y riqueza contraían matrimonio con hombres que ofrecían las mejores condiciones. Pero ella no era una mujer rica. ¿Y ser vendida a un matrimonio? Se quedó mirando el techo del carruaje. Dicho así, sonaba un poco mejor que el burdel de White House. Aun así, ¿permitir que un extraño ofertara por ella? ¿Se casara con ella? ¿Podría ella aceptar algo tan descabellado?

—¿Habría... habría una manera de asegurar que estos candidatos no son propensos a lastimar a sus esposas? Yo no podría casarme con alguien que... —calló. Daphne había aprendido que los hombres podían ser crueles y abusivos si les convenía, y ella no tenía deseo de regalar su relativa seguridad en el matrimonio a un hombre que la lastimaría. Había visto suficientes pruebas de ello al presenciar el asalto a una mujer en la calle y el robo de sus monedas la otra noche. El hombre que le había robado la había golpeado duramente y nadie había intervenido para ayudarla porque era una prostituta.

La expresión del hombre se volvió seria.

—Por supuesto. Les haré una entrevista muy detallada a los candidatos, y te doy mi palabra de que solo los hombres buenos harán ofertas por ti.

Ella metió la mano en el bolsillo de su vestido y acarició las suaves perlas.

—¿De verdad crees que los hombres ofertarán por una... mujer ensombrecida por el escándalo?

Anthony asintió.

—Los hombres serán conscientes de tu situación, y puedo asegurarte que no te juzgarán por ello.

Anthony sonrió y Daphne se sobresaltó ante la amabilidad de su expresión.

—No todos los hombres juzgan a una mujer por los crímenes de su padre —un brillo apareció en los ojos del hombre—. Especialmente cuando ella es inteligente... y hermosa.

El calor subió por sus mejillas.

—¿Cuándo debo decidirme?

—Puedo darte una semana, pero preferiría que no estuvieras vagando por las calles. Podrías atrapar un resfriado. Si aceptas ahora, puedo proceder a la subasta mañana mismo y proporcionarte una cálida cama para pasar la noche, además de comida caliente.

Su estómago se contrajo tan solo de pensar en comida. Daphne debería temer los motivos de este desconocido, debería negarse y huir, pero el instinto, o la intuición, la empujaba a confiar en este hombre. Ella se llevó una mano al estómago. O tal vez era el hambre lo que anulaba su sentido común.

—Por favor, considera aceptar ahora.

Ella estudió su rostro serio en la penumbra del carruaje.

—¿Qué ganas tú al ayudarme?

Anthony no respondió de inmediato, pero ella notó una pizca de melancolía que atenuó el brillo previo de sus ojos.

—Me parece que unir a la gente, a personas que encajan,

me da un propósito. Muchas personas se centran en el dinero y el poder. Yo quiero crear una fuerza por el amor —sonrió y, de repente, lucía años más joven—. Un poco romántico, lo sé, pero no puedo evitarlo. Tengo cierto talento para unir parejas, y a menudo, ellos acaban en matrimonios por amor.

Amor... Hacía tanto tiempo que Daphne no pensaba en el amor, y se preguntó si aún seguía existiendo esa emoción. Tal vez Anthony tenía talento para formar parejas, pero ella nunca tendría la suerte de encontrar el amor. Pero un hombre que se preocupara por ella, aunque solo fuera un poco; un hombre que quisiera tener hijos... Vaya, ella no se había planteado esa posibilidad. Un hombre así le proporcionaría una vida mucho mejor de lo que ella se había atrevido a esperar. Durante los últimos meses, se había sentido congelada de una forma que no tenía nada que ver con el viento y la nieve... incapaz de moverse, de cambiar su destino de ninguna manera.

—Lo... lo haré. —dijo finalmente, con un tono firme a pesar de lo rápido que latía su corazón.

—¡Maravilloso! ¿Tienes alguna pertenencia que tengamos que ir a buscar, o podemos ir directamente a la casa?

—No tengo nada, salvo lo que llevo puesto —admitió ella, con otro rubor de vergüenza calentándole la cara.

—No te preocupes —dijo Anthony, pero la tristeza en sus ojos era casi demasiado para soportarla. Ella se concentró en la pequeña ventana del carruaje mientras él abría la puerta y le daba una dirección al conductor.

Una subasta marital. Pero, ¿qué otra opción tenía? Daphne presionó la mano contra las perlas ocultas en su vestido y cerró los ojos. Los bordes de su mundo helado parecieron descongelarse un poco y su cuerpo se calentó con la promesa de seguridad y la oportunidad de volver a vivir.

www.ingramcontent.com/pod-product-compliance
Lightning Source LLC
Chambersburg PA
CBHW021135190726
48288CB00008B/2665